Michl Ehbauer

# Baierische Weltgeschichte

Michl Ehbauer

# Baierische Weltgeschichte

SüdOst Verlag

Umschlagzeichnung: Paul-Ernst Rattelmüller

ISBN 978-3-89682-080-8

3. Auflage 2008


**www.suedost-verlag.de**

# Inhalt

# Vorwort

Der Michel Ehbauer (27. 08. 1899 – 01. 12. 1964).
„In Amberg geborn – In München was wordn“ war seine Antwort auf die Frage, woher er denn käme.

„Von meinem Vater erbte ich die Frohnatur,
Von meiner Mutter wohl das Verslschreiben,
Das harte Leben nahm auch mich in Kur,
In meinem Sohn möchte ich erhalten bleiben ...“

war die Kurzbeschreibung seiner genetischen Anlagen, die Andeutung seiner schwierigen Lebensumstände und einer seiner innigsten Wünsche.

In ärmlichen Verhältnissen im oberpfälzischen Amberg geboren, von einer Volksschule in die andere wechselnd, kam er trotz Zureden der Lehrer nie zum Studieren. „Brauchst niat schtudiern, bist gscheit gnaou“, sagten die Eltern. Im Alter von 15 Jahren verlor er seinen „über alles geliebten Vater“ im beginnenden „14-er Krieg“. Der Traum vom Studieren war endgültig aus. Das Elternhaus musste verkauft werden.

Der Michl musste sich ab 1914 in München, der „Traumstadt seines Lebens“, durchschlagen. Kegelbua, Helfer bei einem Signalhornbauer, Kaufmannslehrling, Dekorationsmalergehilfe, Hausdiener und Portier, Kriegsdienst, Feldlazarett, Schreibdienst und schließlich Inspektor bei der Bundesbahn, nichts hielt ihn davon ab, seine „Begabung für die gebundene Redeform“ zu entdecken, die mehr und mehr zum Inhalt seines Lebens werden sollte.

Theaterspielen in Erding, Krügelreden bei der Narhalla und beim Nockherberg-Starkbieranstich, Münchner Faschingsprinz, Hörspiele und Einakter, die Münchner Frauenturmgespräche mit Karl Peuckert, der „Maßkrug“ (eine Monatszeitschrift im eigenen „Aktuell-Verlag“), Richtsprüche vieler wichtiger öffentlicher und privater Gebäude Münchens, unzählige öffentliche Auftritte und Rundfunksendungen – sicherlich viele Gründe, den Michl Ehbauer gekannt zu haben oder sich an ihn erinnern zu können, der ja im vollen öffentlichen Leben des damaligen München stand.

Unter seinen veröffentlichten Buchtiteln – „Literatur grad gnua", „Thomas Wimmer" (eine Biographie über den einstigen Münchner Oberbürgermeister), „Der Baierische Faust" findet sich dann auch jenes mundartliterarische Werk, das wohl am engsten mit seinem Namen verbunden ist, die „Baierische Weltgschicht".

*„Am Anfang – sagt die Schrift – war nix!*
*Und über a Weil – war wieder nix."*

Mit diesem spannenden Vers beginnt er das Buch.

Wie ist unsere Welt wohl entstanden? Wie könnte sich Leben entwickelt haben? Woraus sind wir Menschen geworden? Gibt es einen tieferen Sinn unseres Lebens? Existiert eine göttliche Kraft oder Macht?

Warum sollten diese existentiellen Fragen nicht auch den Michl Ehbauer gequält haben? Neben naturwissenschaftlichen Erklärungsversuchen gibt es bekanntermaßen mystisch-religiöse Deutungen mit mehr oder weniger strengem Richtschnurcharakter für das tägliche Leben nachzulesen.

Ovid stellt diese Thematik beispielsweise in seinem gewaltigen Epos, den „Metamorphosen", dar. Der Koran dient der muslimischen Welt als Erklärung aller Zusammenhänge, die Bibel der abendländisch-christlichen Glaubensgemeinschaft.

Die umfangreichen, tausende Jahre alten Schriften behandeln allerdings die Geschehnisse vorwiegend aus dem Lebens- und Erfahrungsraum des damaligen Morgenlandes oder des Nahen und Mittleren Ostens – wie man heute sagen würde. Außerdem stellt sich für einen, tief im Inneren grundsätzlich erst einmal alles bezweifelnden Bayern die Frage, ob denn wirklich alles so ernst und absolut gesehen werden muss, was da „geschrieben steht".

Für einen wissbegierigen und ebenso bodenständig wie phantasiebegabten bayerischen Wortsucher und Schreiber genügend Anreiz, um zu erfühlen, zu erahnen und in Versen auszudrücken, wie denn dann grad unsere bayerische Welt entstanden sein muss.

Mit nichtbayerischen Akteuren war dieses Stück allerdings nicht zu besetzen. Deswegen liegt es auf der Hand, dass mein Vater eine von Grund auf „Bairische Weltgschicht“ schreiben musste.

Die Münchener Mundart sollte es übrigens für eine – nicht nur – in ganz Bayern lesbare „Weltgschicht“ sein. Es gelang ihm, mit seinem ganz speziellen, bayerischen Empfinden, das Alte Testament zu durchdringen und in einer Art darzustellen, die uns nicht mehr irgendwie fremd vorkommt, sondern einem direkt aus dem Herzen spricht. Endlich konnte man erfahren, „Wia d'Welt auf d'Welt kemma is“, „daß die Teifeln früher Engel warn“, und wusste nun „Der Mensch is guat, bloß d'Leut san schlecht!“

Die Vorträge einzelner Kapitel rissen die Zuhörer immer wieder zu Begeisterungsstürmen hin. So war es kein Wunder, dass die seit 1922 nach und nach geschriebenen „Trümmer“ schließlich 1952 und 1956 („Wia's weitergeht) vom nun gut Fünfzigjährigen so ergänzt und abgerundet waren, dass die „Baierische Weltgschicht“ zum ersten Mal im Süddeutschen Verlag gedruckt wurde. Der Erfolg machte das anfangs zweibändige Werk schnell mit weit aber 100 000 verkauften Exemplaren zum damaligen „Bestseller in der deutschen Mundartdichtung der Gegenwart“. 1974 wurden die beiden blauen Büchlein dann in einem Band weitergedruckt.

Die „Bairische Weltgechicht“ meines Vaters ist so seit langem zu einem Standardwerk der bayerischen Mundartliteratur geworden. Dem SüdOst Verlag in Waldkirchen ist es zu danken, dass das Buch in diesem Jahr 2003 neu aufgelegt wird.

Als Grund für die Langlebigkeit des Textes möge immer noch das Urteil Johann Lechners aus der Erstausgabe von 1952 herangezogen werden: „.... die ‚Bayerische Weltgschicht‘ wird dereinst zu den Dokumenten des reichen, lebendigen, starken, doch immer gebändigten Sprachgefühls zählen, sehr im Gegensatz zu manchen neueren Zeugnissen einer beginnenden Verwilderung. Bis in die letzten, komischen Wortspiele hinein sitzt hier alles ganz genau, und noch an der Schreibweise merkt man die noble Art des richtigen Altbayern, der jede billige Übertreibung meidet“.

Genauso war er – mein Vater – und genauso können Sie ihn jetzt herauslesen!

Ich wünsch Ihnen viel Freud dabei!

*Im August 2003* *Michael Ehbauer*

# ERSTES TRUMM

Vom Luzi, Adam, Kain und Abel
Durch d' Höll und d' Sündflut
bis nach Babel

## 1. Die Allerweltserschaffung
## oder
## Wia d' Welt auf d' Welt kemma is

Im Anfang – sagt die Schrift – war nix!
Und über a Weil – war wieder nix.
Und erst a paar Tag später dann,
Da war erst recht nix, wo mir san.
Da hat sich unser Herrgott denkt:
Ja Himmiherrschaftsfirmament!
Zwoa Frauentürm und Hollerbüx!
Dees Nix da umanand is nix!
Da muaß was her – dees siehch i scho'
Und is'a a Welt – liegt aa nix dro'.
So aber derfs net weiter bleibn.
Da taat ma ja Zwoatausend schreibn
Und über mi da werad glacht,
Weils hoaßt, i hätt nix zsamma bracht.
Und bleib i gar alloa' für mi,
Stellt mir koa Mensch a Kircha hi'.
Es is scho' so – i muaß ebbs to',

Morgn fruah glei fang i's Werkeln o'!
Z'erscht wird amal a bissel gschlafa
Und nachher wird de Welt erschaffa!
Er stellt an Wecker auf halb drei
Und zwengs der bessern Scheberei
Hat er an Teller unterglegt,
Damit er richti läut und weckt.
Ihr derfts net fragen: Wo hat denn Er
Den Wecker und den Teller her?
Und 's Nachtkastl, auf dem dees steht?
Es paßt halt grad so in mei' Red.
In Wirklichkeit brauchts alles net,
Weil Gott ja net zum Schlafa geht.

Mir nehma o' – am andern Tag,
Da hörst den Wecker auf'n Schlag
Am Nachtkastl von unserm Herrn
So richti zünfti aufbegehrn.
Natürli hats an Herrgott grissen.
Bald hätt er d' Wolkenzuadeck zrissen,
So is er rausgfahrn aus'm Bett
Als wenn ers kreuznotwendig hätt
In aller Himmelhergottsfruah.
Zeit hätt er ghabt – ja mehr als gnua.
Hätt nämli gar net so pressiert,
Daß d' Welt in acht Tag fertig wird. –
Entschuldigt's, wenn i kritisier –
Er steht scho' an der Himmelstür
Und schaut hinaus ins weite All,
Dees gar net da war in dem Fall.
Ma' muaß sich vorstelln: ringsumher
War alles finster, schwarz und leer.
»Glei«, moant der Herrgott, »werds was wer'n,

I derfs ja selber bloß begehrn!
Die ganz' Verdunklung gfallt ma net,
I will, daß iatz a Licht aufgeht!«

Da hats im weiten Ätherraum –
Wer dees net gsehng hat, glaubts ja kaum –
Aufblitzt so hell, so liacht und klar
Wie wann mit Christbaam abgsteckt waar.
Und umadum, ob nah und fern,
Da wimmelts grad vor lauter Stern.
De oan de dran sich auf der Stell
So ähnlich wia a Karussell.
De andern siehgst um andere kreisen,
De genga sozosagn auf Reisen.
Und jeder hat sei' eigne Bahn,
Denn koana stößt mi'n andern zsamm.
Sternschnuppen falln, ma hörts fast net.
Im Hintergrund san zwoa Komet'
Und jedem hängt a Schwoaf hint' nunter.
Ein Universum voller Wunder!
Und auf der Milchstraß – der Verkehr?
Da roasen s' hin und roasen s' her
Die ungezählten unbekannten
Nachtwandler, Fixstern und Trabanten.
Dabei hat unter de Milliona
Der Stern no' gfehlt, wo wir drauf wohna.

Der Herrgott denkt an unsere Erde
Und sagt mit aller Macht: Es werde!
Da hats an Rumpler to', an Zischer,
An kloana Wirbel und an Wischer
Und in am Nu war d' Welt scho' do.
Bloß war s' wia heut no' net a so.

Denn woast – die neue Erdenkugl
Hat no' koa Tal ghabt und koan Bukl,
Koa Meer, koa Insel und koan Bach,
'S is alls erst gmacht wordn nach und nach.
Die Berg, verschieden in der Form,
San extra all' erschaffa wor'n
Und zwischeneine Erze, Kohln
Für d' Leut, wenn s' später ei'schürn wolln.
Was halt beim Mensch die Habgier weckt,
Dees is im Erdbodn drin versteckt.
Wia Gold und Silber, Edelstoa.
Bei uns da glaub i gibts ja koa.
Na – san ma froh, daß net so is,
Sunst waarn ma aa scho' narrisch gwiß.
Denn da wo 's Gold is alls beinand
Da is erst recht koa Fried im Land.
Der Herrgott hats scho' richtig gmacht;
Jeds Ding is da in Anbetracht.
Zum Beispiel für die Schiffersmanna
Da hat er gmacht die Ozeana,
Damit die Fisch drin schwimma könna.
De wolln si' net an d' Luft hi'gwöhna.
Die sel' waar recht für'n Zeppelin,
Damit er fliagn ko' her und hin.
Für d' Vögel aa – gewissermaßen,
De ko' ma jetzt net z' Fuaß geh' lass'n.
Die höchsten Berg – es is nix neu's,
De hat er gmacht fürs Edelweiß,
Damit dees Bleaml hat sei' Ruah
Und net a jeder kimmt dazua.
An Wald, da wo ma's Wildbret jagt,
Den hat er für die Jaga gmacht,
Für d' Eisenbahn zu ihre Schwelln

Und dann für d' Leut zum Christbaamstehln.
Dann no' de Wiesenplaatz, de vieln,
Für solche, de gern Fuaßball spieln.
Und Pflanzen, Bleamln, gelbe Ruabn
Hat er no' gmacht, an Wind, an Sturm,
Der wo die Leut an Huat verwaaht,
Beim Kahnfahrn 's Innere ausa draaht. –
Der Blitz mi'n Donnerer als Begleiter
Muaß sei' scho' zwegan Blitzableiter.
Und d' Wolken hat er hera to',
Daß sich der Mond verstecka ko'.
Dann hat er no' an Regn erschaffa,
Daß d' Gschäfta eahnare Schirm verkaafa.
An Schnee, damit d' Leut schifahrn könna
Und d' Sunna no' zum Gsicht verbrenna.
Er waar bald nimmer ferti wor'n
Mit lauter nachschaugn hint und vorn.
Es is ja aa – ihr liaben Leut –
Fei' gar koa so a Kloanigkeit
A so a Welt – ma' derf bloß denka
Oafach a so in d' Luft nei'zhänga.
So ohne Nagel, ohne Schnur,
Koan Hammer hat er braucht dazua.
Dees woaß der Deixel, wia dees halt
Auf dera draahten Kugelgstalt.
Daß alle Plaatz zum finden san
Hat er aa no' Meridian'
Und Parallelkreis oni gmaln.
Er hat ja gwußt, daß d' Leut so wolln.
Und auf a jede Plattform nauf
Setzt er an Nord- und Südpol drauf.
Der oa is unt', der andere obn,
Daß d' Leut was zum entdecken hobn.

Wia na' der ganze Erdenplan
So fertig war mi'n Drum und Dran,
Da war koa Mensch no' da, koa Viech,
Da wars no' friedlich, feierlich.

Doch weil der Zuastand, dees is klar,
So auf die Dauer letschert war,
Hat – als Versuch gewissermaßen –
Gott z'erscht die Viecher kemma lassen.
Dees war a Fliagats und a Laufats,
A Hupfats, Fressats und a Saufats.
Auf daß a Ordnung herrscht im Lebn,
Hat er de Viecher Nama gebn.
Die Gäul, de hat er Rösser ghoaßn,
Die Ziegen – na' dees warn die Goaßn,
Das Rindviech hoaßt Ochs und Kuah,
Da ghört der Gmoastier aa dazua.
Die Schweine hat er tauft als Säu,
Die Papagei als – Papagei.
'S Rhinozeros hat saudumm gschaugt,
Dem hat sei' Nama gar net taugt.
Und die Giraffe jedenfalls
Hätt liaba net den langa Hals.
Der Pfau auf dem Piedestal
Möcht gern a Stimm wia d' Nachtigall.
Der Elefant taat so gern fliagn,
Als wia den blöden Rüassel kriagn.
Die Wildsau grunzt: Möcht liaba hinka,
Als wia so gottserbärmlich stinka.
Der Esel schreit ganz unverfrorn:
»Warum kriag i so lange Ohrn?« –
»Gibs mir«, schreit da der Uhu glei.
»Ja freili!«, sagt der Spatz, »halts Mäu!«

Und d' Henna, de macht erst a Gschroa:
»I leg fast jeden Tag a Oa
Und er, der Gockel, – is dees recht?
Der hat die Federn, wo i möcht!«
An Goaßbock, den treibts umadum,
Der meckert und woaß net warum.
Die Maus, de quickst als wia a Ratz,
Sie möcht so groß sei' wie a Katz.
Sogar die Flunder macht a Gfries,
Weil s' brettlebn und broattetscht is.
Oa Viech war halt dem andern neidi;
Net lang hats dauert, scho' wern s' streiti
Und 's Stärkere packt dees Schwächere o'
Und zreißts und frißts. – Wer ko', der ko'!

Der Herrgott schaut a Zeitlang zua,
Dann sagt er: »Is iatz bald a Ruah?
Wia habn mas denn? Is dees der Dank?
Da hat ma no' Verdruß und Zank
Mit dene Herrgottsviecher do?
Dees gaang mir ja pfeigrad no' o'.
Wenn d' Menschen grad so hoakli wer'n,
De wo i no' erschaffat gern,
Dann pfüatdigott, da laß i fei'
Glei liaba dees Erschaffa sei'.
Auf alle Fäll – mit Vorbedacht
Wird da amal bloß – oana gmacht.
Der kann sich später selbn verbreiten.
An Stammmensch bau i mir – an gscheiten –
Und der soll Herr sei' über euch
Im ganzen irdischen Tierbereich.
Dann hörts glei auf de Viecherei.
Habts mi verstanden drunt? – Es sei! (Ös Säu!).«

Und so is 's kemma, aber leider:
Der Mensch war gscheit und do net gscheiter.
Die Viecher hat er so dressiert,
Daß ihn koa Wildkatz mehr geniert.
Er selber, er bleibt ungezähmt,
Drum wird er manchmal unverschämt
Und geht sogar no' über Leichen,
Wenns sei' muaß, über seinesgleichen.
Der Mensch hat sich vom Mensch entfernt
Und vo de Viecher 's Raufa glernt.

Seit dera Zeit gibts Kriag mit Tote
Und heut is es no' stark in Mode.
Warum schaugt da der Herrgott zua
Und sagt net: Is iatz bald a Ruah!? –
Weil er statt den Instinkt zum Lebn
Dem Menschen an Verstand hat gebn,
Mit dem er forscht, entdeckt, erfindet,
Sich selber seine Reiche gründet.
Doch was er schafft mit viel Tamtam
Haut er sich selber wieder zsamm.
Er taucht! – Er fliagt! – Er schiaßt! – Er sprengt!
Wer woaß, ob net der Herrgott denkt,
Wenn er sei' Weltbild heut betracht':
Hätt ich den Menschen doch net gmacht!
– – – – – – –
Hätt Gott uns aber nicht erschaffen,
Gaabs auf der Welt no' mehra Affen. –
Kunnt ja so schö' sei', wenn all's möcht:
Der Mensch is guat, bloß d' Leut san schlecht!

## 2. Das Erste Reich
## oder
## Wia im Himmel der Kriag ausbrocha is

A jeder interessiert sich gwiß,
Woher die Bosheit kemma is,
Der Neid, die Mißgunst, Hochmut, Zorn.
O'fanga muaßt da ganz von vorn.
Net bei de Menschen – ah woher!
Der Anstoß kimmt vom Luzifer.
Vom Himmel san die Bösen kemma.
Ihr derfts ma dees net übel nehma
Und net glei schrein: Was soll das heißen?
I kann's ja schriftlich nachbeweisen.
Bevor das Weltall ist entstanden,
War längst das Himmelreich vorhanden.
Gepriesen wirds in Wort und Lied
Als unsichtbares Reichsgebiet.
Der liebe Gott hat dort regiert
Und sozusag'n das Szepter gführt.
Dees hoaßt – er halt' dees Firmament

Natürli heut no' – ohne End.
Die Schrift erzählt: Beim Herrgott warn
Helliachte himmlische Engelscharn.
Und de habn gstrahlt in Glanz und Pracht,
Obwohl er s' unsichtbar hat gmacht.
Persönlich habn s' 'hn oschaugn derfa
Und Geister sehng bekanntlich schärfer.
Bildschö' warn s' alle – ganz verklärt
Habn s' nur den einen Gott verehrt.
Sie tean durch alle Himmel schwinga
Und nix wia Hosianna singa.
Man hört bloß no' von fern und nah
Ein frohes Alleluja! –
Da kemma mir im Erdgebiet
Als arme Würmerln gar net mit.
Die ganze himmlische Atmosphäre
Kannst dir bei dera Erdenschwere
Scho' gar net vorstelln – dees is schwiere,
Mir san bloß bessere Säugetiere
Und habn dazua an Mordsverstand,
Der trotzdem hint und vorn net glangt.

Auf alle Fäll' – im ewigen Lebn,
So hätt ma denkt, taats nia was gebn.
Denn bei der Stammbesetzung war
Im Himmel drobn doch alles klar.
A jeder schön und rein und gleich,
War koana arm und koana reich
Und außerdem genoß vor allem
A jeder 's gleiche Wohlgefallen.
Koa Grund zur Eifersucht, koa Neid!
Und trotzdem kam es auch so weit.
Die Himmelsordnung kriagt an Riß –

Ja wia nur sowas möglich is,
Daß 's Engel gibt, die sich verfehln.
Na ja, i wer's Euch glei erzähln.

Besonders große Lichtgestalten,
Von Gott als solche auserkorn,
Die gholfen habn, das Reich verwalten,
San auf amal befördert worn.
Erzengel wurden sie genannt.
Dees war natürlich allerhand!
A jeder kriagt an weißen Schimmel.
Vom ersten bis zum siebten Himmel
Is so a Abschnittsleiter gwesen –
Brauchst bloß die Heilige Schrift nachlesen.
Der erste war der Michael
Und nachher kommt der Gabriel,
Der Raphael, der Raguel,
Saraquiel und Zotiel,
Der letzte war der Fanuel.
Siebn Erz- und Oberengel warn
Gottsöberste bei de Engelscharn.
Mit Führermachtbefugnis – quasi.
Die Engel warn zwar brav und dasi.
Trotzdem wollt Gott der Herr sie prüfen,
Die drobn warn unter »ferner liefen«.
Ah »ferner flogen« muaß ma sagn.
Sie habn sich aa ganz guat vertragn.
Lang hats a guat to – koans hat klagt,
Bloß oan, den hat der Ehrgeiz packt.
Dees war der Engel Luzifer.
»Mir«, sagt er, »san doch aa no wer!«
Und is dabei ganz ungezogn
Um 13 Meter höher gflogn.

Man merkts ganz deutli – der möcht bocken.
Und wia ma antritt zum Frohlocken,
Wo s' allsamm singa: Alleluja,
Macht er dazwischen: Allepfui – ja.
Dees war scho' stark, wo alles huldigt.
Er hat sich net amal entschuldigt.
Der Raphael laßts eahm glei büaßn,
Nachsinga hat er drei Stund müaßn.
Hätt er doch gsagt: Geh strafts mi net!
I hab mi ja bloß leicht verredt,
Dann wär der Fall erledigt gwen,
Er aber wollt dagegen tretn.
Und so fangt halt no' hinterher
Zum Masseln o' der Luzifer:
»De solln sich nur net so erdreisten!
Wenn wir nicht mehr Gefolgschaft leisten,
Dann stehnga s' da mit eahna Macht –
Mir san die Mehran, dees waar glacht!«
Und nach und nach da hat dees zunden –
Mitfliaga hat er aa bald gfunden.
Protestversammlungen hat er ghalten.
Den lieben Gott hoaßt er an »Alten«,
Respektlos hat er gredt und ghetzt,
dann schreit er gar no' z' schlechterletzt:
»Von heut ab streik ma' – rührn koan Finger,
De solln alloa Hosianna singa!
Da waarn ja mir bloß Liachtaputzer!
Na na, mir san iatz Revolutzer!
Mir habn ja schließlich aa a Hirn –
Wer mit mir fliagt, derf demonstriern.
Ab heut wird mei' Programm gesendet!« –
Und wirklich warn oa so verblendet,
Habn gschrian im Chor und mit Geplärr:

»Wir folgen dir, dem Luzifer!«
Und was ma gspannt hat scho' seit Wocha:
Im Himmel is der Kriag ausbrocha.
Da ruaft der Erzengel Michael
Die himmlischen Heerscharn zum Reveille.
Posaunen blasen Großalarm
Und »Schschscht« steht scho' der ganze Schwarm.
»Grüaß Gott, Kameraden und Cherubimer!
Eliteengel und Seraphimer!
Ihr Himmelsgenossen der Seligkeit,
I hoff, ihr wißts, was dees bedeut.
Fallt mir fei' koana jetzt in d' Froas,
I glaub, daß dees a jeder woaß,
Was er zum toa hat, wenn s' na kemma
Und möchten uns oans aufebrenna.
Wir bilden einen Abwehrriegel
Vom linken bis zum rechten Flügel.
So schützen wir die Himmelsburg –
Nehmts euch jetzt zsamm und laßts koan durch!
I brauch wohl koan mehr z'erscht vereidigen,
Um Gottes Thron jetzt zu verteidigen,
Als Kampfparole gilt für euch:
›Mit Gott für unser Himmelreich!‹«

Und schon beginnt die Revolution
Den Anflug auf den Gottesthron.
Da flattert so a Riesenhaufa
Daher und möcht mit eahna raufa.
Der Luzifer, der hetzt von hint:
»Nur drauf, dann werdn ma sehngn, wer gwinnt.«
Der Michael und Gabriel,
Der Raphael und alle -el
De stehnga da als Himmelswärter

Und haun mit ihre Flammenschwerter
Mit Gott und auch mit Treue fest
Als erste glei ins Wepsennest. –
Da is' natürli wild aufganga –
Die vordern habn glei Feuer gfanga,
Schrein: Himmelherrschaftsaprament!
Mir habn uns d' Flügel schö verbrennt.
Der zwoat'n Linie gehts net besser.
Wia s' kemma san die Engelfresser,
Da blendet sie das Himmelslicht
Und scho' war jeder schwarz im Gsicht.

Der Luzifer steht hinten Schmiere
Und schickt bloß allwei Nachschub vüre.
Doch was auch kommt von hint' nach vorn,
Es nutzt nix mehr – alls is verlorn!
Der Kriegsbericht hat bloß erklärt:
»Vom Feindflug nicht zurückgekehrt!«

Dees war a Schlacht – pfüatgott, guatnacht!
Und Gfangene habn s' glei gar koa gmacht.
Mit Donnerkrach und Blitzgestrahl
Kimmt jeder Bösewicht zu Fall
D' Schönheit habn s' eahna owa grissen
Und aus 'm Himmel ausse gschmissen
In d' Finsternis mit ohne Liacht,
Da wo die Luft nach Schwefel riacht.
Im tiefsten Abgrund san s' gelandet,
Wo ringsherum das Feuer brandet,
Wo an der Tafel »Hölle« steht,
Habn s' gmerkt, wia weit dees owi geht.
Den Luzifer, der sich verstohln
Zum Schluß hätt no' gern drucka wolln,

Den fangt der heilige Michael
Und sagt: »Du kimmst scho' aa in d' Höll,
Du Luzibazi, da ghörst nei',
Da drunt kannst du der Erste sei'.
I muaß di bloß a bissel flachsen,
Damit dir no' zwoa Hörndl wachsen.«
Drauf spritzt er 'hn ab mit Dreck und Schlamm
Und richt 'hn wia an Teufel zsamm,
Legt untern Schwanz eahm no' an Zunder
Und schiaßt 'hn zu de andern nunter.
Dann macht er Meldung, wia sichs ghört:
»Der Aufstand, der ist abgewehrt!
Und alle, de wo rebelliert,
San blitzbesiegt und liquidiert.«

Auf de Weis muaß ma heut erfahrn,
Daß die Teufeln früher Engel warn.

## 3. Das Letzte Reich
## oder
## Wia der Luzifer d' Höll eingricht hat

Dees habn die gstürzten Engelmassen
Wahrscheinlich sich net traama lassen,
Daß dees a so in Grabn nei' geht,
Wenn ma zum Herrgott nimmer steht.
Vielleicht habn s' aa in dera Zeit
Die gmachte Dummheit oft bereut
Und gmoant, sie kriagn Bewährungsfrist,
Daß halt der Herrgott dees vergißt.
A paar habn gsagt: An Luzifer
Dem haun ma oafach 's Dach recht her.
Denn der war schuld, der hat uns kauft,
Daß mir mit dene drobn habn grauft.
Mi'n heiligen Michel laßt sich redn,
Mir san ja bloß Mitfliaga gwen. –
Und i sag euch – es nutzt nix mehr.
Wer reinigt uns denn hinterher?
Schaugts doch in Spiagel nei' mitnander,

Is oana gräuslicher wia der ander.
Na na – und wenns euch no' so schmerzt,
Den Himmel habn ma uns verscherzt.
Da kemma ewig nimmer zruck.
De halten uns scho' unter Druck.
Verzeihung gibts da koane mehr –
Uns bleibt bloß no' der Luzifer.
Der hat uns so in Dreck nei' gführt.
Jatz soll er schaugn, wias weiter wird.

Da kimmt er selber angeschwirrt
Mit Flügel wia a Fledermaus,
Ganz wild und grimmig schaugt er aus.
Was gibts da z' redn und zu bezweifeln?
Halts euer Maul, es dumme Teufeln!
Wenns net so feig gwen waarts, ihr Lümmel,
Dann kunnt ma Herr sei' jetzt im Himmel.
Auf d' Seligkeit da müaßts verzichten,
Wenns wollts, könnts euch a Höll ei'richten.
Natürlich muaß sich jeder plagn
Und aa bissel Hitz vertragn.
Wahrscheinlich werds Euch d' Haar versenga,
Wenn uns net vorher d' Kohln ausgenga.
Auf alle Fäll richts alles her,
Es kemma mit der Zeit no' mehr.
Abfall von Gott werds allwei gebn,
Nachfolger werdn ma gnua erlebn.
»Jatz schwingts euch, grinsts net gar so dreckert!
A jeder schuft't und koana meckert. –
Auf gehts zum Heuln und Zähneknirschen,
Dees habts davo', ös blöden Hirschen!«
So wird er gsagt habn ungefähr
Der Obersatan Luzifer.

I woaß net wia der Architekt
Hat ghoaßen, der den Plan o'glegt.
Vielleicht habn s' überhaupt koan ghabt,
Denn da war jeder übergschnappt.
Der Dichter Dante hats beschriebn.
I glaub, der hat net übertriebn.
Der hats im Traum gsehng dees Modell,
Wias ausschaugt drunten in der Höll.
Am Eingang steht: Tritt ein mit Grausen
Und lasse jede Hoffnung draußen.
Natürli hat der Luzifer
Als Höllenfürst und Höllenherr
An eigna Feuersbrunstpalast
Mit Riesenflammen eingefaßt.
Bezirksverteilt in Feuerschlösser
Habn 's aa die Oberteufel besser.
Die Untern stecka als Kontrast
Bis übern Nabel im Morast.
Und de wo auf der Straßen genga,
De bleibn im woachen Asphalt hänga.
So wia am Fliagnfang pappa s' dro',
Wo koana nimmer weiter ko'.
Befreit san bloß die Aufnotierer,
Die Hoazer und die Kesselschürer,
Und dann die höllischen Gestalten,
De wo eahm selber unterhalten,
Die Gaukler und die Musikanten,
De wo zum Hexentanz aufspieln
Und Luada warn ja gnua vorhanden,
De eahm die geilsten Wünsch erfülln.
Net daß da wer an Liebe denkt,
De kriagt ma bloß vom Himmel gschenkt.
Da drunt war alles Sauerei

Und net bloß zwischen zwoa und drei.
Mir hä'n de Hexen, wo ma gsehng,
Aa net mit'n Stecka orührn mögn.
Es wird natürli aa erzählt,
Daß drunten in der Unterwelt
Auch schöne Teufelinnen san,
De wo die Mandeln reizen taan.
Doch san de bloß an d' Wand hingmaln
Und dees san eahnare Höllenqualn.
Vielleicht is manches revidiert
Und d' Höll is heut modernisiert,
Denn mit dem Zuwachs von der Erden
Werdn s' manche Lumperei verwerten.
Es is ja bloß a kloane Clique,
De sich erlaubn derf solche Stücke,
Die andern sehng dees nur von weiten
Und derfa net amal drauf deuten.
Der Luzifer fliagt drüber weg,
Die kloana stecka drin im Dreck.
Er selber lebt als wia a Prasser
Und sauft dazua sei' Feuerwasser.
I glaub, dees waar recht interessant,
Was heut scho' drunt' is alls beinand,
Da taat ma gwiß bei dera Blos'n,
Auf manchen Weltbekannten stoß'n,
Der in der Höll kloa beigebn muaß,
Jatz hockt er drunt mi'n Gsicht voll Ruaß.
Ja drübn im Jenseits, liaba Freund!
Is net so oafach, wia ma scheint.
Pariern muaß jeder auf der Stell
Im Himmel drobn und in der Höll.
Wenns aa so mancher zu gern möcht –
Da gibts koa Mitbestimmungsrecht.

Trennt aa de zwoa a große Kluft,
Ma hört net: Die Gewerkschaft ruft!
Da gibts die ganze Zeit koa Wahl.
Die Herrschaft bleibt auf jeden Fall.
Die Braven, die führt Gott der Herr,
Die Bösen kriagt der Luzifer.
Da hat fei koana was zum Lacha
Und derf da Sparifankerl macha.
Drum – weil auf irdischen Gebieten
Die Menschen san so ganz verschieden,
San oft in jedem Erdenland
Die Völker allwei geganand.
Zum Teil rebellisch, teils apathisch,
Halb Diktatur, halb demokratisch
Und nirgends finden s' halt de Norm
Und passende Regierungsform,
De wo der ganzen Menschheit gfallt –
Denn wo s' regiern, regiern s' mit Gwalt.
Wenn man beim Menschen dann entdeckt,
Daß oft der Teufel in eahm steckt,
Obwohl er, wie man festgestellt,
Fast wia a Engerl kimmt auf d' Welt,
Dann braucht man sich nicht wundern mehr,
Daß er no' lebt, der Luzifer.
Und weil er propagiert und wühlt,
Wird leicht die Höll bald überfüllt.
Zur Mahnung solls drum jeder hörn:
Die Guaten müassen mehra wer'n!
Denn wenn dem Luzifer sei' Firma
Möcht wiederum den Himmel stürma –
Mei' liaba Freund, dann möcht i fei'
Um de Zeit net im Jenseits sei'!

## 4. Die ersten Leut
## oder
## Wia der Adam sei' Everl kriagt hat

Da moana allerwei die Leut:
Wer Büacher schreibt, der is recht gscheit.
I hab scho' manchmal Büacher glesen,
Da is a schöner Schmarrn drin gwesen.
Was s' da drin oft alls zsamma lüagn,
Da kunnst ja glei an Wehdam kriagn.
I hab mir zwar dees meine denkt
Und solche Büacher weitergschenkt.
Oa Buach, dees hab i freili bhalten,
Oans mit so biblische Gestalten.
Aus Anstand rührt ma scho' net dro',
Scho' weil ma nix beweisen ko'.

Das Paradies, schreibt da wer nei',
Soll einst im Süden gwesen sei',
Und zwar im Babylonierland,
Da drunt am Euphrat umanand.

Da wo die Türken jetzt logiern,
Da taat mas heut no' drunten gspürn.
Zum Überfluß hätt man Beweise,
Da protestier' i – dees san Mäuse!
Der Pfälzer Pauli moant glei gar,
Daß 's Paradies bei eahm drübn war.

Ma braucht doch bloß von unserm Land
Die Karten oschaugn an der Wand,
Dann leuchts doch glei an jeden ei',
Wo 's Paradies wird gwesen sei'.
Drum paßts auf mi – i sags euch schö',
Und wers net glaubn will, der laßts steh'.

Einst wia die Welt war ferti gmacht,
Hat unser Herrgott sie betracht'
Und no'mal her- und hinum draaht,
Als ob er no was suacha taat.
Er visitiert den Erdenball,
Bis daß er plötzli auf amal
A hellblaus Fleckl hat dersehng,
Dees grad so in der Mitt' is glegn.
Da hat er d' Dus'n raus vom Sack
Mit Landshuata Brasiltabak,
Nimmts Mikroskop als Zuawiziahcha
(Da siehchst glei d' Würm im Kaas drin kriacha)
Und druckts ans Aug recht fest hino',
Damit ers guat derlinsen ko'. –
»Ja«, sagt er, »dees is mir bekannt.
Dees is ja 's schöne Baiernland.
Und dorten siehch i an Bezirk:
Das Oberland mi'n Gamsgebirg.
Grad wia mei' Himmel lachts mi o' –

Koa bessers Platzl woaß i no'!
I muaß scho' sagn, daß i was ko',
Dees is dees Fleckl – habn ma 's scho' –,
Da wird iatz glei und mit Bedacht
Der erste Mensch hineingemacht.
Er hat net lang mi'n Adam gwart',
Hat glei an Batzen Loam zsammgscharrt.
Den hat er von am Bergl hoam,
Der Berg hoaßt heut no: »Berg am Loam«.

Der erste Mensch is unser Bodn,
Sunst waar er eahm aa net so grotn.
Hätt Gott an andern Toag hergnumma,
Waar eahm der Adam glei dersprunga.
Schaugts nur as Bildl o' recht gnau.
Dees merkst doch scho' am Körperbau,
Daß seine Flachsn boarisch san
Und daß er dasteht wi aa Baam.

Der Herrgott hat si' aa recht gfreut,
Wia er den Adam so derblait.
Auf hochdeutsch sagt man: so erschaut.
»Der is was wordn! – Dees hoaßt ma baut!
Wia – drah di um! – Ja direkt wuid!
Ma siehcht halt glei mei' Ebenbuid.
I sags halt, mit an Baiernschlamm,
Da bringst scho' no' was richtigs zsamm.
Probiers amal – a weng – und geh! –
Net auf de Händ – d' Füaß heb in d' Höh!
Mögst net auf alle viere laufa
Und wia a Kaibl 's Wasser saufa?
Vielleicht dazua no' plärrn und belln?
Geh tua di net so saudumm stelln.

Aufrecht und grad sollst dich bewegn
Und die Natur sollst farbig sehng.
Und red'n sollst könna! – Red amal!«
Dees war fürn Anfang no' a Qual.
D' Zung war no' loame – »Grüaß di Gott!«
Wars erste, was er rausbracht hot.

»Schö' hast as hergsagt – Grüaß di nachha!
Brauchst net so ernst schaugn, derfst scho' lacha!
Ja so, du woaßt net, wia dees geht?
Ja no' – an Witz, an alten, woaß i net
Und kitzeln möcht ich di net gern. –
Du werst as scho' no' inne wer'n.
Jatz schaugst amal de Affen zua.
Zum Sehng und Hörn gibts ja grad gnua.
Und schließli is dees Paradeis
Für dich bestimmt und ganz was neu's.
Die Viecher folgn dir glei aufs Wort,
Da brauchst bloß sagn: He suchs Apport!
Dann kimmt der Löw' und kimmt der Adler –
Da brauchst koan Dienstmann und koan Radler,
Der wo dir ebbs erledigen tuat –
Pfüatgott iatz – unterhalt di guat!«

Der junge Adam geht spaziern
So wia er war – kennt koa Geniern.
Er stelzt voll Freud und ohne Gwand
In dera Landschaft umanand.
Hupft mit 'n Stecka übern Bach,
Lauft gaudihalber an Hasen nach.
Er wascht sich zwischendurch die Haxen,
Merkt, wia der Vollbart kimmt ins Wachsen,
Wia d' Fingernägel länger wer'n

Und wia der Magn tuat aufbegehrn.
Doch bringt er sich schö' fort zur Not
Mit Erdnuß und Johannisbrot,
Und Radi, weil im Paradies
»paar Radis« scho enthalten is.
Er hat natürlich vegetiert.
Schweinshaxn hat no' neamd serviert.
Dann hätt ers aa net ferti bracht,
Daß er a Sau schwarz hintrum schlacht.
Warum sollt er die Viecher hassen?
Sie habn sich alle streicheln lassen.
Und ihn verehrt als Herrn und König –
Sogar die Fliagn geniern eahm wenig.

Bis Oans is er im Gras liegn bliebn
Und was er untertags hat triebn,
Dees war so harmlos und so brav:
Gscherzt hat er manchmal mit de Schaf;
Er horcht die Vögel zua und pfeift,
Siehcht Kirschen hänga und – begreift.
Er geht in Wald zum Schwammerlbrocka,
Tuat d' Oachkatzl vom Baam ro'locka,
Hat flache Stoa' in d' Isar gschmissn,
Daß s' g'hupft san – als hä'n d' Fisch obissn,
So platschgerlt – wie ma bei uns sagt –
Dees hat am meisten eahm behagt.
Mit Tannazapfa hat er gspielt,
Beim Bieseln auf'n Regenbogn zielt,
Am Baumstamm sich an Hintern gwetzt
Und ab und zua a Denkmal gsetzt.

No ja – er war ja ganz alloa!
Da hat neamd gschimpft: Des derfst net toa!

Da sagt der Herrgott: »Adam, hörst!
Damitst ma du net kindisch werst
Und Blödsinn treibst in oana Tour,
Mach i zu dir no' ebbs dazua!
Dees siehch i scho', daß dees net geht,
Du hast koan gscheit'n Umgang net.
Da leg di auf den Schober Heu!
I hob grad Zeit – dees mach ma glei.«

Der Adam fragt: »Was wird denn gschehgn?« –
»Leg di nur her, dees werst glei sehgn!
Du woaßt no net, was i iatz wui,
Für mi hast du a Ripperl zvui
Und dees geniert di bei der Nacht.
Werst sehng, da wird was Netts draus gmacht.
Da kannst damit nach deinem Willn
Im Paradies viel schöna spieln.
I muaß di bloß narkotisiern
Und dann a bisserl operiern.
Bis d' weg bist, pfeifst an Marsch, an schöna,
Denn zähln werst doch so weit net könna.«

Der Adam fangt zum pfeifa o':
Vier Takt vielleicht – weg war er scho'.
Er hat net gspürt, was mit eahm gschiehcht.
Bloß ein historischer Bericht
Erzählt uns heut, wie alles war:
Entbunden hat er, dees is klar.
Und damit klärt sich der Verdacht,
Die Eva hat der Adam bracht,
Wodurch er, wenn auch sonderbar,
Für uns die erste Muatta war.

Gott Vater hat s', daß richtig wird,
Natürlich recht schö' modelliert,
Guat ballert hint' und vorn, versteht si,
Sie war a richtigs Zuckerbetzi.
Er hat s' aa recht schö' ausstaffiert,
Mit Augn und Ohrn und Haar drapiert.
Am Kopf nauf die besonders langen
Bis nunter zu den hinteren Wangen.
Es war a wunderschöna Akt.
»Sie!« hätt a jeder zu ihr gsagt.
A bissel streicht er no' dro' rum
Am obern und am untern Trumm,
Haucht irgendwo sein' Atem nei'
Und sagt: »Du sollst die Eva sei'!« –
Scho' wars lebendi, die kloa' Molln,
Hätt glei in 'n Spiagel nei'schaugn wolln.
Sie hat si' draaht und hat schö' tanzt
Und sich zum Adam onigwanzt.
Der Herrgott sagt: »Dees is was Schlau's!
De hat dees Lebn scheints scho' heraus?
Ja so was Liabs herent und drent,
De hat amal a Temperament!
Weck eahm nur auf! – Da liegt dei' Mo!«
»Steh auf!« sagt s' »Adam – d' Sunn scheint scho'!
Geh mit zum Feigenblattel suacha,
Dann mach i dir an' Apfelkuacha!«

Da wia der Adam drauf erwacht,
Hat er as erstmal hellauf glacht:
»Ja dees is guat! – Jatz de is gspassi!
Da legst di nieder! – De is rassi!
Da hab i scheint mit einem Male
Von mir a eigne Filiale?

Da is ja 's Hauptgschäft aa net schöna?
No ja – i muaß mi halt dro' gwöhna!«
Woaßt scho' – es is a gspassigs Gfühl,
Wennst oane siehgst – net in Zivil.
A Weib – net ozogn – fesch und drall
Und nachher gar as erstemal.
Obwohl, er hat si' no' nix denkt,
Er hats bloß packt und umagschwenkt,
Hats aufghobn, gjuchzert voller Freud:
»Ja Deandl, Everl, saubers Leut!
Daß du bei mir bist, dees is gscheit.
Für di hat mi koa Rippn greut.
Und hat mi aa der Herrgott gschunden –
Di hab i wirkli gern entbunden!
Ja sag nur grad, was d' von mir magst?
Erfüllt solls wern, glei wias d' as sagst.
Aus Veicherl mach i dir an Huat
Und was dir sonst no' passen tuat,
Du nackerts Butschihutschikatzi! –
Herrgott verzeih' – Bin i a Bazi!«

Der liabe Gott war net verstimmt,
Wia er a so in Eifer kimmt.
Hat bloß oa Aug zuadruckt und glacht
Und gmoant: »Deswegn habs i ja gmacht,
Damit er net alloane is
Im baierischen Paradies.«

Es freun sich heut no' allesam',
Daß mir a Baiernlandl habn.
Mir alle san deswegn recht froh,
Denn sunst waarts Ihr und i net do.
Und jedes Jahr – das will was heißen –
Zur Urlaubszeit sogar die Preißen.

## 5. Im Paradeis oder Wia d' Liab aufkemma is

Ja, in der Paradeisenzeit,
Da is wohl schöna gwen als heut:
Rundum oa Park, oa Gartenland,
Koa Steuergsetz, koa Wohnungsamt,
Koa Parlament, koa Volkspartei,
Koa Feuerwehr, koa Polizei,
Koa Eichamt und koa Richterstell –
Der oanzige Engel Gabriel!
Und der hot obacht gebn, ob net
A Unbefugter eine geht.
Raus wollt ja neamand, dees is klar,
Denn 's Paradies war wunderbar.

Da drin is d' Eva und ihr Mo'
Herumspaziert mit gar nix o' –
Net daß i iatz fei' damit moa',
Heut solln s' die Leut genau so toa! –

Uijegerl, sagn ma liaba net!
Wo manche wia a Nudelbrett
Und andere foast als wia a Blunzen
Dees Panorama taan verhunzen.

I will koan frozzeln zwengs der Gstalt.
So wia ma is, so is ma halt.
Schö' is a Kind als Nackedei
Und später – sparn taatst halt dabei.
Da brauchst als Junger wia als Alter
Koan Büsten- und koan Sockenhalter,
Koa Kragenknöpferl und koan Binder,
Koa Paraplü und koan Zylinder.
Viel billiger waar jeder gstellt,
Denn 's Gwand kost' heut an Haufa Geld.
Dees merkt der Mo' und merkt die Frau –
Er bsonders bei der Modenschau.
Drum is die Mode von Osiris,
Da wo no' mancher heut dafür is,
Viel praktischer auf jeden Fall,
Denn wer die Wahl hat, hat die Qual.

Doch daß i net mei' Red vergiß. –
Ihr wart's doch auf de Gschicht ganz gwiß:
Der junge Adam und sei Gspusi
San allwei rumzogn ohne Musi.
Die mehra Zeit warn s' auf der Walz
In Niederbayern, Oberpfalz,
Im Fränkischen und aa in Schwobn
Barfuaßat bis zum Hals herobn.
Und an de Sunn- und Feiertag –
Ja glaubts es nur, wenns i Euch sag –
San s' manchmal auf an Berg naufgstiegn.

Am Sonntag san s' in München bliebn.
Dees hoaßt – in München moan i net,
Nur bloß den Platz, wo München steht.

Schö' habn sie 's ghabt fei', de zwoa Leut.
Da kunnts ja platzen schier vor Neid.
Koa Arbat habn s' net kennt, koa Plag,
Der Unterhalt war gar koa Frag.
Sie habn koa Hütt'n braucht, koa Haus,
Denn d' Sunn hat gscheint – jahrein, jahraus;
Sie habn koan Wehdam kriagt, koan Schlaf,
Bedient san s' worn als wia a Graf,
Denn alle Viecher habn sich gern
Bereit erklärt für ihren Herrn
Zum Hebn, zum Reiten und zum Tragn –
Der Specht hat 's Holz päckt und hat 's gschlagn;
Die Affen san am Baum drobn ghockt
Und habn für eahna Pfirsich brockt.
De zwoa san rumgflackt – habn net gspart,
Bloß allwei auf 'n Hunger gwart'.
Und is amal langweili wor'n,
Habn sie sich angschaugt – wia s' geborn
San wor'n – verschieden gmacht,
Und oans hat's andere betracht:
Wiaso? Woher? Warum? und Wo? –
Es war no' koa Erkenntnis do.
Damals warn d' Leut no' net so hell.
Kurzum – es war der reinste Quell
Platonischer Ergötzungsfreud
Und dees war gnua zu dera Zeit.
Was hätten s' denn scho' anders triebn?
'S is eahna sunst nix übri bliebn,
Als er schaugt sie o', sie schaugt ihn o',

Dees war 'leicht schöner als im Kino.
Und daß erhalten werd der Leib,
Habn s' g'essen no' zum Zeitvertreib.
Obst war ja da von alle Arten,
Das ganze Paradies oa Garten
Und alls zum Nehma, nix zum Stehln.
Zum Beispiel Zwetschgen, Mirabelln,
Kastani, Haselnuß und Feign,
Bananen, Weintraubn, ganze Steign,
Orangen, Birn, die allergrößten,
Und Bohna fürn Kaffee zum Rösten;
Aa Kokosnüß warn massig drobn –
Heut san s' wo anders hi' verschobn –
Halt alles, was so halbwegs eßbar
Is rundum gwachsn – unermeßbar.
Und überall habn s' gnascht davo',
Von jedem Baum ebbs owa to'.

Doch in der Mitt vom Paradies –
Wo heut das Petersbergl is –
Net dees bei Bonn –
Bei uns herobn –
Da is a Baum gwen, bsonders groß,
Mit Äpfel dro' – ganz grandios,
Bald wia die Kürbisköpf so dick –
Vielleicht so an die dreizehn Stück.

Von dene hat der Herrgott gsagt:
»Daß sich do koana drübermacht!
De san für mi und net für euch,
Und wer was nimmt, der is a Leich!
Drum laßt sie s'hänga, rührt nix o'!
Dir, Eva, sag i's extra no':

Den Baum, der in der Mitt'n steht,
Merk dir des guat – da leid i's net!«
Der liebe Gott is drauf verschwunden
Und laßt die zwoa alloa herunten.

Dem Adam war der Baum ja wurscht –
Nur d' Eva voller Wissensdurscht,
Und wia halt heut no' d' Weibsleut san,
De schiagelt allwei auf den Baam,
Der wo da in der Mitt'n steht.
Zählt Knöpf ab: Soll i? – Soll i net? –
I soll! – Juhu, der Knopf am Bauch
Hat Sehnsucht kriagt, der weiß es auch.

Und scho' hat sie die Neugier druckt.
Er is wohi' – die Hand hat zuckt.
Ganz hoamli tuats den größten nehma
Und: »Adam!« schreit s', »zum Essen kemma!
Heut gibst dei Leibspeis, kimm und iß!
Daß du dees magst, dees woaß i gwiß.«
Lang hat er rumdruckt – hat net wolln.
Hat gmoant: »Der Apfel is doch gstohln?
Da nimm i nix, mir waars ja gnua,
Und überhaupts laß mir mei' Ruah!«

Die Eva aber gibt net nach.
Der Willn is stark – das Fleisch is schwach,
Und nach a gschlagna Viertelstund
Hat er aa d' Hälfte scho' im Mund,
Beißt nei' und schmatzt – scho' is er drunt.
»Du, Everl!« sagt er, »der is gsund!
Dees Ding is guat, dees schmeckt nach mehr,
Geh tua glei no a paar Stuck her!

Und außerdem kriag i a Gfuih',
I glaub, daß i von dir was wui!?« –
Sie sagt: »Dees ko' koa Irrtum sei',
Bei mir schiaßts a so gspaßi ei'.
Woaßt was, mir essen no'mal oan,
Denn schaden glaub i tuat dees koam.«

Und so entstand der Sündenfall –
Doch – den erzähl i 's nächstemal.
– – – – – –

So war die Gschicht, wers no' net woaß,
Der fall mir fei' ja net in d' Froas',
Denn gschriebn steht no, daß an dem Ort,
Wo der Erkenntnisbaum war dort,
A ganz kloans Häusl sollt ersteh' –
Da könna alle de nei' geh',
De Mangel an Erkenntnis habn
Und bis zur Stund warn tugendsam.
Und wias die Schrift hat ausgelegt,
A so is kemma. – Ganz versteckt
War bald am Petersbergl drobn
Dees Haus, nach dem Verliebta frogn.
A jedem Münchner is bekannt
Das hochlöbliche Standesamt.

Doch wenn a Paarl heutzutag
Dees kloana Haus betreten mag,
Dann suacht dees meistens koa Erkenntnis,
Weil 's oft scho' vorher Konsument is.
Sie möchten nur verheirat' sei'.
Dees klingt halt schöner und is fei'.
Drum ziahgt die liabe schöne »Sie«

den »Ihn« zum Petersbergl hi',
Und er glaubt dann, der arme Lump:
Iatz kriag i d' Seligkeit auf Pump,
Weil man durchs Standesamt ganz gwiß,
In d' Mitten kimmt vom Paradies.
Wia 's Paradies danach ausschaugt,
Wenn oans zum andern net so taugt,
Dees merkt ma erst, wenn ma dro' gwöhnt is –
Dann kimmt so quasi die Erkenntnis.
Und meistens hört ma von de Mander,
Daß s' wieder möchten ausanander,
Weil s' scheinbar net die rechte war.
Beim Adam war die Gschicht no' klar.
Dem hats der Herrgott selber gmacht –
O'gmessen quasi – über Nacht.
Und außerdem hats klappt aa so:
Es war koa Konkurrenz net do.
Da kann oam 's gleiche net verdriaßn,
De habn ja direkt treu sei' müass'n.
Heut gehst bloß oamal über d' Straßn,
Und scho' taat dir was anders passn.
Doch wennst as hättst a Zeitlang nachha,
Dann waars vielleicht der größer Dracha.
Drum schaug, bevors di' ewig bindst,
Obst net scho' glei was Bessers findst. –
Vergreifa werst di bei der Wahl
Und nei'falln kannst auf jeden Fall.

## 6. Der sogenannte Sündenfall
## oder
## Wia sich die zwoa auf amal gschamt habn

Der Sündenfall im Paradeis
Is zwar verjährt und nix mehr neu's.
Doch hätt ma gern von dera Gschicht
Amal an richtigen Bildbericht.
Denn wia dees alles wirklich war,
Dees is uns net so richtig klar.
Daß bloß der oane Apfelbaum
War schuld am Unglück – glaub i kaum.
Für mi habn de was anders wolln –
Net bloß den oana Apfel gstohln.
Da fragt doch jeds: Warum iatz dees?
Gott is doch net so schikanös
Und macht a so a Gaudi zsamm,
Bloß weil s' den Apfel g'essen habn.
Und wenn er s' wollt auf d' Probe stelln
Und sich de zwoa nur grad verfehln,
Dann sollt ma doch juristisch hoffen,

Daß wir vom Gsetz san net betroffen.
Dees waar ja direkt Sippenhaftung
Für Notverordnungsmißbeachtung.
Is klar, daß uns dees heut berührt –
Mir san ja entparadisiert!
Drum wiederholn ma no' amal
Den sogenannten Sündenfall:

Die Eva und der Adam warn
Nach dera Gschicht scho' recht zerfahrn,
Denn auf amal, da habn sie gspannt:
Mir braucha eigentlich a Gwand,
Weil da so manches unkeusch is.
Dees habn s' empfunden wohl ganz gwiß.
Sie san so quasi gschami worden,
Denn no' warn s' ja net ganz verdorbn.
Da hat er von a Tabakpflanzen
A Blattlschürzen um sein' Ranzen.
Ihr hat er bloß a Feignblatt gebn –
Das ist das »Blatt der Hausfrau« gwen.
Von dem hätt s' glei zwoa Nummern wolln –
Zuadecka hätt s' no' mehra solln.
Trotzdem habn sie sich no' versteckt
Und irgendwo in d' Stauden glegt.
Wahrscheinlich habn s' in dem Versteck
Die Zuadeckblatteln wieder weg,
Denn auf amal – soviel ma woaß –
Wird eahm und ihr so gspaßi hoaß.
No ja – mir wolln ganz offen redn:
Sie habn halt nimmer denkt ans Betn
Und hätten gern und ungeniert
Da irgend etwas ausprobiert.
Das sechste Gebot hat sie verbunden

Obwohls no' gar net war erfunden.
Auf oamal aber hörn s' a Stimm:
»Adam wo bist du? – Adam kimm!« –
Auweh – iatz kriagt die Gschicht an Schwung.
Der Adam muaß zur Musterung.
»Mei' liaba Gott – ob i dees ko'?
I hab ja gar koa Hosen o'!
I bin ja nackert bis auf d' Haut
Und d' Eva aa, mei' liabe Braut!« –
»Wia kimmst denn du zu der Erkenntnis?
Hast du vom Baum, der wo da drent is,
Vielleicht an Apfel ausprobiert?« –
»Die Eva hat mir oan serviert
Und i – i Depp hab einebissen.
Jatz druckt mi freili 's schlechte Gwissen!«
»Sofort gehst außer aus 'm Busch!
Da her zu mir mit deiner Lusch! –
Warum hast du den Apfel packt?
Dir, Eva, hab i's extra gsagt:
Der Baum, der in der Mitt'n steht,
Hab i net gsagt – da leid i's net?!« –
»Mi hat verführt a böse Schlanga,
I bin bloß um den Baum rumganga.« –
»Die Schlanga bildst du dir bloß ei',
Du werst scho' selber oane sei'.
In Zukunft kriagst as nimmer schö'!
Da sollst du selber Schlanga steh',
Damit di furtbringst, nachher woaßt
Was O'steh' und was Anstand hoaßt.
A Magd sollst sei' und folgn sollst müassn!
Dees wird am meisten dich verdriaßn.
Er soll dein Herr sei' – merk dir dees! –
Und dir bin i scho' aa no' bös,

Net daß du moanst, du hast was z' Lacha
Und derfast bloß an Pascha macha.
Mit Kümmernis sollst dich ernährn
Und ganz a arma Häusler wer'n.
Drauß is a Feld, wo Disteln wachsen.
Dort arbat, Freunderl, na kriagst Flachsn.
Grad schwitzen sollst ums täglich' Brot
Und so lang lebn mit ihr in Not,
Bis d' wieder kimmst zur Erden hoam
Und werst was d' warst – a Batzen Loam!
Den Apfel hätt i übersehng,
Was aber in der Staudn drinn gschehng,
Dees war mir doch a bissel z'bunt!
Zu Zapfa! Hast 'hn gsehng an Spund?
Mei' Paradeis war dir net z'fei' –
Na grab di nur ins andere ei'.
Doch daß euch d' Liab net gar so freut,
So solln durch die Vergnüglichkeit
Die kloana Menschenkinder werd'n;
Denn i mach koa mehr, mi habts gern.
Da habts a Gwand aus Hasenfell
Und iatz schmeiß s' auße – Gabriel!«

Der is glei kemma wia sichs ghört
Und fuchtelt mit sein' Flammenschwert
Als Paradiesbesatzungsmacht:
»Marsch weiter! Jatz werd nimmer glacht,
Denn wer an Sabel hat, hat recht
Und wer wo koan hat, dem gehts schlecht!« –
»O Gabriel!« bitt' sie recht zart,
»Gib uns halt no' was mit auf d' Fahrt!«
Der aber hat net lang mehr gleiert,
Hats glei zum Paradies nausgfeuert,

Daß bald ins Preußische san kemma –
Dees war a bitters Abschiednehma.
»No'«, sagt der Adam – »siehgst as scho'!
Was habn ma jetzt all zwoa davo'
Mit deiner Neugierd, dei'm Gespinn!
Jatz hast an Dreek im Schachterl drin!«

Es war scho' arg – rings um sie her,
Koa Gartl, koane Obstbäum mehr.
Und koane Kirschen, de so süaß –
Ja net amal a Dotschengmüas.
Bloß sauere Schlehen habn s' no' gfunden,
Beim Brocka sich die Händ' verschunden.
Die Eva woant: »Was werd iatz werdn?
Da mag i ja glei liaba sterbn!
A so a Lebn in dera Öd?!
Naa Adam, dees ertrag i net!« –
»Ja freili!« schimpft der – »dumme Kuah!
Da muaßt iatz grad no' mauln dazua.
Wer hat sich gega 's Gsetz verganga?
Dees war a Krampf mit dera Schlanga!« –
»Nanaa!« sagt sie, »ich hab s' doch gsehgn
Bei dir!« – »Geh – mach mi net verlegn!
Mir habn ja aa die Äpfel gfalln
Bei dir, drum müaß ma Lehrgeld zahln.
Der Baum? – Die Äpfel – mir werds klar,
Daß alls bloß so a Gleichnis war.
De Gschicht de liegt mir schwer im Magn –
Jatz müaß ma halt dees Lebn ertragn.
Da brauch ma allerdings Humor –
I kimm mir wia a Flüchtling vor.
Zum Dividomi – Firmament!
No ja, mir habn ja no' zwoa Händ.

Es werd scho' recht werdn mit der Zeit,
Ghört ja alls unser weit und breit.
A'm Berg nauf baun ma uns a Alm:
Da gibts koa Sünd, da werds uns gfalln.« –
Und dees war richtig – opackt habn s'.
Wo koane Stoana warn, da grabn s'
Und tean an Dung glei nei' von eahna
Mit unverdaute Apfelkerna
Vom paradiesischen Aufenthalt
Und der Erfolg, der zoagt si' bald.
Drei Jahr war kaum der erste Bua,
Da habn s' scho' Äpfel ghabt grad gnua.
Und daß a Milli gibt die Kuah
Vom Euter weg, wo 's Kaibl schleckt,
Dees hat die Eva bald entdeckt.
Und wenn ma de a Zeitlang rührt,
Daß da draus na' a Butter wird
Und daß die Henna Eier legn,
Dees hat s' ja schließli aa bald gsehng;
Und wia dees erste ihr is brocha
Und hat a so dees Innere grocha,
Hat s' gmerkt, daß de zum Essen taugn
Und macht für 'n Adam Ochsenaugn.

So hat sich oans ins andere gschickt
Und mit der Zeit warn s' hochbeglückt
Und habn zum liaben Herrgott bet':
»Die Bauernarbeit scheuch ma net,
Da wolln ma uns scho' liaba plagn
Als wia der irdischen Lust entsagn.
Was hätt ma aa vom Paradies,
Wenn 's Schönste drin verboten is!«

## 7. Die erste Mordsgschicht
## oder
## Wia der Kain an Abel auf d' Seiten graamt hat

I woaß no' gut die selbig Zeit,
Grad als wenn s' gestern oder heut
Erst gwen waar, wia der Adam
Und sei' Frau zwoa Bubn ghabt habn.
A fests paar Brocka warn de zwoa.
Der Kain, der ältere glei goa(r),
Der hat a Broatn ghabt wie ein Athlet.
Dees hat der Abel wieder net.
Der war vui zarter, net so grob,
Und sonst verdeant er aa sei' Lob.
Er war a guata brava Bua
Mit schöne Tugenden grad gnua.
Der Kain, der hat an andern Splint
Im Kopf ghabt und war net so gsinnt,
Hat sich z' vui ei'bildt und war protzi
Und no' dazua recht hinterfotzi.

Sei'm Bruadern hat er alls mit Fleiß to',
Ja, wia mas nur in jeder Weis ko'.
Am Adamvatern hats net taugt,
Der hat die Burschen bald durchschaugt.
Und wia s' so kemma san in d' Jahr,
Da hat er gsagt: »Gehts her, ös Paar!
Jatz muaß i mit euch ernsthaft redn
Und euch a Lebensaufgab gebn.«
Den Kain hat er als ersten packt:
»Weilst di no' nia hast richti plagt,
I di umsunst net fuattern ko',
Drum werst ma du a Ackersmo'!
I ko' koan braucha, der mir feiert
Und mir mein Haushalt bloß verteuert.
Koa Schneider ko'st doch aa net wer'n,
Mir braucha koane solche Herrn,
De bloß fürn Luxus arbatn tean,
Weil oam bei dem Gschäft d' Not opackert.
Und überhaupts san mir ja nackert,
Und zwega unsere Feigenblatteln
Da brauch ma koan zum Fadn zsammdrahdeln.
Drum acker gscheit und tua ma saahn
Und richti dunga, dann ko'st maahn
Und hast a Freud an deine Frücht
Ehvor der Winter einerbricht.

Du Abel bist a woacha Bua
Und hast net so viel Kraft dazua.
Du treibst die Schaf auf d' Wiesen naus
Und tuast as hüat'n – laß koa's aus.
Daß s' alle beieinander bleibn.
Auf d' Nacht kannst wieder hoamzua treibn.«

Der Abel hat koa Arbat gschiecha.
Gern hat er s' ghabt, de zahma Viecha
Und is mit eahna aussi zogn,
Sei' Lieblingspetzerl hat er trogn
Scho' weil er von eahm Abschied nimmt,
Er hats als Opferlamm bestimmt.
Net leicht is eahm grad gwen ums Herz
Wia er so zog is wiesenwärts.
Und an am greana Wasenroa'
Da hat er mit zehn Brocka Stoa,
Ganz ohne Grüst und Staffelei,
Schnell ebbas zsammabastelt glei.
Und bis ma gschaugt hat, was dees werd,
War dees der schönste Wamslerherd.
Unt' hat er Reisig einegsteckt
Und obn sei' Petzerl aufeglegt.
Und nachher hat er dees Gezweig
O'zunden mit sei'm Feuerzeug.
Die Flammen san beim Ofaloch
Raufzüngelt und der Rauch is hoch.
Mei' Gott, du Lamperl, iatz muaßt sterbn,
Dem liaben Herrgott drobn zu Ehrn.
Er sinkt in d' Knia und schaugt in d' Höh,
Voll Demut nauf zum Elysee.
Der Herrgott siehchts und mit der Hand
Schiabt er die Wolken ausanand
Und schaugt mit Wohlgfalln auf'n Abel
Wia der mit heilige Vokabel
Zu eahm raufbet', koan Stolz derkennt,
Ja glei sei' Lieblingslamm verbrennt.
Er schaugt auf eahm und schaugt aufs Lampel.
Wia dees der Kain, der freche Kampel,
Derlurt hat, schimpft er wia a Fuhrmo':

»Gel', Du! – Den schaugst in oana Tour o'!
Mi siehgst scheints net mit mei'm Altar.
I bring doch aa an Opfer dar.
Wenn i Dir aa koa Schaf verbrenn
Als wia mei windigs Bruadagstemm.
Dafür hab i Kartoffelkräuter!
Sag – hat dees er – der Hungerleider?
Wo hat er Dotschen? – Rote Ruabn?
Nix hat er auf sei'm Opferturm
Als wia an Hammel mit an Gfries,
So blöd, als wia er selber is.
Du schaugst no allerweil net her?
I bin Dir wurscht scheints – nur grad er,
Der ander dort gilt was bei Dir
Und hebt an Ehr auf mit sei'm Gschmier?
Is wohl sei' Hammelfetten gweihter
Als meine guaten Ackerkräuter?
Ja z'weni werds Dir halt no' sei'!
Geh sags nur grad und mach koan Schei'!
Erdäpfelfrücht – dees waar Dei' Weis!
De san ma aber z' hoch im Preis,
Daß i für Di oa' braten taat.
Denn i bins Proletariat
Und siehch net ei', warum i wohl
An Großen no' was schenka soll!?«

So lästert er, der böse Mo':
»Schmalzbruader, wart, dir kimm i scho'!
Scheinheiligs Vaterbüaberl du,
Di bring i no' zur ewigen Ruh!
Dir hau i oane nauf auf d' Haubn,
Daß s' deine Boana zsammaklaubn!«
Und wia auf d' Nacht zua unser Abel

Is hoam mi'n ganzen Schafgekrabbel –
Es war recht finster umadum –
Da is er mit Silentium
Knapp hinterm Abel hera gschlicha.
Der denkt sich nix und tuat ganz sicher,
Sunst taat er doch net hoamzua singa
Und gar a himmlisch Lobliad bringa.
Doch wia er hebt d' Schalmei ans Mäu,
Da springt eahm gach der Kain ins Gäu.
Er packt 'hn o' ganz grea voll Wuat
Und haut eahm oane nauf am Huat,
Daß eahm grad gschebbert habn de Zähn.
»O Bruada, sag, was tuast ma denn?«
»Derschlagn! – derschlagn! – ja spannst dees net?«
Und »Aus is!« war sei letzte Red.

Koa Aug hats gsehng, koa Ohr hats ghört,
Koa Schutzmann hat den Lumpen gstört.
Doch wia er ins Kartoffelsackl
An Abel nei'packt hat, der Lackl,
Und in an Weiher einegschmissen,
Hats d' Wolken ausanandner grissen
Mit einem fürchterlichen Kracher
Und eine Donnerstimm sprach nachher:
»O Kain – wo is dei' Bruada?« –
»Was woaß denn i? – Frag hat sei' Muatta!
Du kannst aa fragen sein alten Herrn.
Bin i der Hüater leicht von eahm?
Bist ja allwissend – waar scho' recht,
Schaug selber nach – was er scho' möcht?«

»Dei Bruaderbluat schreit rauf zu mir
Und wenn i richtig konstatier,

Dann hast'n umbracht mit an Hammer,
Die Wahrheit is – ja zuck nur zsamma!«

»Derlogn is!« schreit der Kain ganz frech,
»Dees is a Schmarrn und is a Blech,
I merks, Du mögst mi bloß derschrecka
Und überhaupts war dees a Stecka!« –
»Aah«, sagt der Herrgott, »also doch!
Hab i di rauszogn iatz beim Loch?
Du ausgschamts Mannsbild – Mörder Kain!
Gel' iatz stehst da mit dei'm Latein?
Du bist vergift mit Neid und Zorn,
A saubers Früchterl bist ma wordn.
Koa Schwurgricht gibts no' net bei euch,
Sunst waarst a unterschriebne Leich.
I laß di lebn – doch Fluch sei dir
Und Aufenthaltsverweis dafür.
I mags gar nimmer sehng, dei' Fratzn,
Wenn ma di o'schaugt, kunnt ma platzen
Vor lauter Ärgernis und Wuat –
Ziahg d' Joppn o' – setz auf dein Huat
Und pack dei' Glump zsamm in a Packl
Und schaug daß d' weiterkimmst, du Lackl!
Ins Oberland paßt du net einer.
Dees müaßt si' schama zwega deiner.
Doch daß di alls, was lebt, derkennt,
Werd dir a Mahnmal aufebrennt.
Dees zoagt di überall glei o',
Daß ma mit dir net guat sei' ko'.
Dir schickt koa Mensch an schöna Gruaß,
Koa Vogerl setzt si' auf dein Fuaß,
Koa Hunderl frißt aus deiner Hand,
Verachten werdn s' di all mitnand.«

So hat der Herrgott gsagt und is in d' Höh
Und hockt si wieder auf sei' Kanapee.
Dann hat er von sei'm Torwachzimmer
A paar von seine Cherubimer
Zum Kain auf d' Erden owigschickt,
Damit s' 'hn nausjagn vom Distrikt.

Den aber siehchst scho' voll Entsetzen
Am Wald entlang in Berg neihetzen
Und über Stoana, über Kiesel
Is er dahi' grennt wia a Wiesel,
Ganz weit in d' Welt naus ohne Ruah.
A so a fünfadachzg Paar Schuah
San hi' gwen, wenns net mehra warn.
Denn damals is koa Schnellzug gfahrn.
Grad rumtriebn hats 'hn ohne Halt,
Er hat sich fortpflanzt und sei' Zech net zahlt.
Wiaso dees mögli war zu dera Zeit?
Koa Madl und koa Wirtshaus weit und breit,
Dees woaß i net, doch dees is gwiß,
Daß mancher Sprößling von eahm is,
Denn sonst waarn mir auf dera Welt
Mit Lumpenbazi net so gstellt.

Nur schad, daß ma s' net kennt von weiten,
Sonst taat ma sich drauf vorbereiten.
Drum sollten alle wia der Kain
Vom Herrgott aus scho' zeichnet sein.
Dann kunnt ma s' in Gewahrsam nehma,
Bevor s' ihr Unheil stiften könna.
Da gangatn wohl viel net frei
Und schließli – waar ma aa dabei,
Denn wie uns die Erfahrung lehrt:
Koa Mensch woaß – was aus eahm no' werd.

## 8. Die Fortpflanzung
## oder
## Wia der Nachwuchs so gspaßig nachgwachsen is

Manchmal hats scho' an Kuckuck gsehng,
Wenn d' irgend so a harts Problem,
A Rätsel oder sunst a Ding,
Mögst außerkriagn – ja, Pfifferling!
Es geht net auf – wia 's d' aa studierst
Und Tag und Nacht dro' hinsinnierst.
Es is natürlich mehr bequem,
Wenn d' lebst und denkst an koa Problem.
Und doch gibts Fragen, de wo di drucka,
Da moanst, du hast im Hirn a Lucka
Und de mögst schliaßn irgendwie,
Wenn net versagn taat dei' Genie.

I merk da grad bei meiner Gschicht,
Da fehlt doch no' was im Bericht.
Zum Beispiel werd da neamd belehrt
Wia sich die Menschheit hat vermehrt

Zu Adams Zeiten – ja, da is
Nach meiner Ansicht no' a Riß.
Zwar sagt mei' Frau: »Geh, rühr net dro',
Denn schließli gehts di ja nix o'.«
Doch i hab gsagt: »Mein liebes Weib,
Wenn i amal a Chronik schreib,
Dann hat die Gschicht aa Hand und Fuaß,
Scho' weil sich alls drauf reime muaß.«
Der Kain – so schreibt die Biblisch Gschicht,
Und de is schließli net bloß dicht,
Is außegwandert in die Welt,
Wia er den Abel kalt hat gstellt.
Wohi' er is, hat neamand gwißt –
Vorläufig war er leicht vermißt.
Doch hat ma später ghört, daß er
Nachkommen hätt wie Sand am Meer.
Da hat er doch mit oana gschnabelt?
Wo hat denn der des Weib aufgabelt? –
Dahoam warn, wenn mas recht betracht
Und richtig durchgeht mit Bedacht,
Bloß mehr der Adam da und sie,
Die Eva halt – sei' Vis-a-vis.
Und bei de zwoa – wias halt oft geht,
So alt warn s' schließli aa no' net,
Da is a dritter Bua nachkemma,
Braucht eahna aa neamd übelnehma,
Denn z'erscht habn s' zwoa ghabt und dann koan,
Da wollten s' wenigstens wieder oan.
Mit Kindern kann oft was passiern,
Da muaß ma scho' oa reserviern.
Stammhalter gar – denn Buabn vor all'm,
De wachsen schwer und könna falln.
Der dritte Bua – Seth habn s' 'hn gnennt,

Der war ja aa net aus Zement.
Abgsehng von dem – die Gschicht is so,
Von dem san aa no' Kinder do?
Ja, wia is denn dees möglich gwesen?
Von seiner Frau hab i nix glesn.
Woher denn sollt er s' schließli nehma?
Und doch san von eahm Kinder kemma,
Ja, dutzendweis glei – daß da's woaßt –
Könnts ihr euch vorstelln, was dees hoaßt?
A Schwester kann s' net gwesen sei',
De scheidet aus im vornhinein.
Und anderseits – dees waar ja neu,
Daß mir a Kind kriagn ohne Wei'.
Für dees san mir net installiert
Und außerdem waar jeder z'müad.
Gaab unseroans den Kindern 's Lebn,
Taats oans vielleicht, dann koans mehr gebn.
Von Schmerzen mag der Mo' nix wissen,
Uns hätts beim ersten Kind scho' zrissen.
Wer aber hat s' denn damals bracht?
Der Storch vielleicht? – Dees waar ja glacht,
Die kleansten Kinder glaubns scho' nimmer.
Mir Große haltens bloß für dümmer –
Anständig aufklärn solln s' die Alten,
Dann kannst die Kinder sauber halten.
Denn wenn die Bamsen dann erfahrn,
Wia ihre Eltern lusti warn,
Dann werdn s' verschlagn und richtig gwaschn,
Und denka hoamli scho' ans Naschn.
Ihr werds euch denka: der red gscheit,
Ja mei' – dees interessiert uns heut.
Die Liab verlangt ihr Renommee,
Denn dee tuat wohl und tuat aa weh!

Und wo s' net weh tuat, is s' net echt,
Dees is a so beim Menschengschlecht.
I denk ma halt – an Seth sei' Frau
Stammt grad so aus sei'm Körperbau
Als wia die Eva vom Herrn Vater.
Beim Adam war die Gschicht bloß glatter,
Weils s' eahm der Herrgott außer hat;
Da war der Seht no' net auf Draht.
Der Adam hätt' leicht helfa könna,
Er wollt sich d' Finger net verbrenna,
Und dann sagt er: Mei' i bin glegn
Und wia i aufwach, wars scho' gscheghn.
Der Seth, der wollts alloa' probiern
Und sich die Rippen rausmontiern.
Er hats aa wohl in oana Nacht
Mit Gottes Hilfe außerbracht.
Es war dabei koa große Gfahr,
Weil s' no' a ganz kloans Pupperl war.
Lebendig wars und dees war wichti
Und wenn s' no' wachst, dann werds scho' richti.
A tausend Wochen hat dees dauert.
Dann aber hat er nimmer trauert.
Er is inzwischen Vierzge wordn,
Da war er gscheit und grad in Form.
Inzwischen hat sich alls verjährt.
Heut kemman d' Madeln wia sich 's ghört
Und meistens stramme Frauenzimmer,
Die Filialgschicht hat ma nimmer.
Die ganze Ripperlzüchterei,
Dees war scho' recht a Viecherei.
Und übrigens is außerdem
Dees richtige Natursystem,
I will net sagn grad – recht viel schöna,

Für d' Mannsleut aber viel bequemer.
Wohl sagt ma heut no': Mann und Weib
San quasi mitanand oa Leib.
Ja, wenn s' beinanda hänga tean,
Dann glaub i dees heut aa no' gern.
Wenn s' aber gnua habn vonanander,
Dann werd der Spruch glei unbekannter.

In gwisser Hinsicht waars net dumm,
Wenn sich wia im Uraltertum
A jeder aus sei'm eigna Leib
Glei außerziahgt sei' Eheweib.
Denn dann waars klar, daß i mit der
Wahrscheinlich niamals streitat wer'.
Dees tat sich da scho' koane traun,
Und wenn, mei Liaba, de taat schaun,
Weil, wenn sie uns net passen taat,
Dann werad 's wieder einedraht.
Stellts euch nur vor – zum Zeitvertreib
Ein sogenanntes Taschenweib???
Zum Raus- und Neischiabn wia ma s' braucht –
Jatz hab i mir mei' Hirn verstaucht
Mit lauter: Wia is dees ergründ?
Der Herr verzeih mir diese Sünd!

Wias wirkli war – mir is egal,
Die Hauptsach is – mir bleibn normal!

## 9. Baiern vor der Sündflut
## oder
## Wia uns no' die Drachen sekkiert habn

I hab dahoam an Mordstrumm Schrank,
Der is no' allwei – Gott sei Dank –
Vom Grichtsvollzieher unberührt;
Ma' woaß zwar net, was no' passiert.
Brauchst bloß dei' Steuer net glei zahln,
Dann kannst dein Schrank an d' Wand hi'maln.
Dees hoaßt – a Schrank is 's eigentli net,
Vielmehr so eine Art Büfett.
Büfett? – Paßt aa net für dees Gstell.
Wia tauf ma iatz den Kasten schnell?
Es is ja eigentlich gleich, was 's is,
Dees oane is amal ganz gwiß,
Daß in der Schrankbüfettstellage
Mei' ganze Geistesfuatterage
Enthalten is – was halt a Mo'
Mit Heimkultur so braucha ko'.
Dees Möbel steht im rechten Eck

Und gar net weit vom Fenster weg.
Da drin is aa mei' Bibliothek
Für'n Bildungs-Unterhaltungszweck.
So nach und nach san s' zsammakomma,
A paar davo' san z'leiha gnomma,
Und weil i nimmer woaß, von wem,
Drum stehnga s' aa mit drin seitdem.
Wenn der Betreffende sich net rührt,
Dann is's sei' Schuld, hätt ers notiert.
Dees is von eahm a Leichtsinn gwesen.
I hab die meisten no' net glesen.
Man kimmt scho' nimmer recht dazua,
Vor lauter Arbat hast koa Ruah.
Theater, Kino, Funk und Sport
Und Zeitung kimmt mi'n Tagrapport.
Mit Politik kimmst aa in Druck,
Da bleibst natürlich klassisch zruck.
Schö' brav verstaubt, liegn s' alle auf,
Der Storm, der Hebbel und der Hauff,
Der Schiller und der Wolfgang Goethe
Mit seiner Faustgestalt und Grete,
Der Gottfried Keller und der Grimm,
A Zaubererbuach »Simsalabim«,
Der Eichendorff, der Karl May,
Die oan san alt, die andern neu.
Vom Sherlock Holmes a paar so Story
Und der Rabindranath Tagore,
Der Shakespeare und der Liliencron,
Münchhausen und Nat Pinkerton.
Ganz leichte hab i, und ganz schwere,
An Ludwig Thoma und an Queri.
I kann s' net aufzähln so ausführli,
Die Baierische Weltgschicht fehlt natürli

Scho' gar net in der vordern Reih,
Du hast dees Buach ja aa dabei.
Und gar net weit davo' entfernt
Der Lachner »Wia ma bairisch lernt«.
A Lexikon steht aa am Ständer
Und dann a alter Hauskalender.
Den halt i allwei hoch und teuer,
Obwohl er nimmer is von heuer.
Denn da drin kann ma heut no' lesen,
Was in der frühern Zeit so gwesen.
Oa Bild is drin auf hundertacht,
Dees hab i oft für mi betracht.
Weils gar so schierli is und gräusli,
Ja, wenn i sag – ganz oafach scheußli.
Dees Bildl stellt ein Untier dar,
Wias früher auf der Erden war,
Halbscheit a Drach, halbscheit a Fisch,
Mit einem Kopf ganz mörderisch
Und einem fürchterlichen Ranzen,
Wia acht Zehnhektoliterbanzen.
Und unterm Bildl da steht druckt,
Daß dees abscheuliche Produkt
A Läng ghabt hat – wia soll i sagn?
A Trambahn mit zehn Güterwagn
Is net so lang gwen wia dees Viech.
Froh bin i, daß i koans mehr siehch.
Obwohl s' scho aus der Vorzeit stamma,
Habn s' später kriagt erst ihre Nama.
Oa Viech recht groß und übertriebn,
Dees hat sich Brontosaurus gschriebn.
An Ichthyosaurus hats a gebn –
Dees war als wia a Erdenbebn,
Wenn so a Viech daher is kemma

Und d' Lälaps, dees warn aa so Gstemma
Mit Riesenschwanz und greane Borsten,
Ja, so habn s' ghaust in dene Forsten
Und habn da Ramasuri triebn
Und Schwefel umanandagschpiebn.
Jatz wenn ma denkt, dees Drachenglichter
Mit feuerspeiende Rüasselgsichter
War seinerzeit sogar in Baiern.
Mei' Liaba, da wars aus mi'n Feiern.
Da warn die Menschen zu bedauern,
Und dann glei gar die Einödbauern,
De wo koan Knecht ghabt habn, koa Magd,
De habn doch schier am Lebn verzagt.
Wenn so a dreckigs Teufelswesen
Daherfegt wia a Hexenbesen.
Und so a armer Kräutler gar
Aloa am Acker draußen war,
Und is a so a Viech herkemma –
Der hat koa Zeit mehr nehma könna,
Daß er no' 's Gwissen nachschaugn tuat,
A Happ, a Schnapp – scho' war er furt.
A Bildung hat doch so a Drach net.
Der kennt koan Bahnhof und koa Schachbrett
Und schluckt di owi samt der Haut,
An Bräutigam mitsamt der Braut.
Sogar in d' Stadt san d' Luada nei',
Dees muaß a so a Plag gwen sei'
Für unsere alten Vorherfahrn.
Drum san s' – wenn eahna mehra warn –
Bloß mehr in d' Volksversammlung ganga
Mit große lange Maibaum-Stanga.
Is oana kemma dann zum Fressen,
Habn s' eahm den Baum ins Mäu nei'gstößen,

Und bis er den hat ghabt verdaut,
Habn s' eahm as ganze Gstell verhaut.
Oft aber warn die Drachen mehrer,
Dann war die Klass' hi' samt 'n Lehrer,
Und Kinder, Greise, Madln, Buabn,
Alls durcheinand wie Kraut und Ruabn.
Was eahna kemma is in Quer,
Habn s' gfressen, sogar d' Feuerwehr,
Und meistens warn s' erst richtig satt,
Wenn no' der ganze Magistrat
Mitsamt der Kutt'n, Haut und Haar
Als Nachspeis' no' verschlunga war.
Dees war a Schreia und a Flenna,
Als taat die ganze Welt verbrenna.

Drum wenn i heut dees Bild betracht,
Kalender Seite hundertacht,
Nimms i dem Herrgott gar net übel,
Daß er mit große Wasserkübel
Die Sündflut hat auf d' Erden gschickt,
Daß glei dees Luadazeug derstickt.
Dees is was guats, daß kemma is.
Waars net so gwen, dann hätt ma gwiß
Dees Drachengschwerl heut no' da,
Vor so an Viechzeug fürchst di ja.
Man triffts wohl noch vereinzelt an,
Doch de san alle ziemlich zahm,
Sie gehn sogar in manchem Haus
Grad wia a Mensch fast ein und aus.
Scharf san s' scho' aa – san net zum Lacha,
Ma hoaßts die Haushalt- oder Ehedracha!

## 10. Das erste Sauwetter
## oder
## Wia der Noah drüber weg gschwumma is

So mancher, der was Groß' is wordn,
Der is in Bayern wohl geborn.
Hat oana recht a witzigs Gschau,
Dann stammt er von der Münchner Au.
In Giasing und in Berg am Loam
Sann aa ganz Gwappelte dahoam.
Für mi gibts heut koan Zweifel mehr:
Der Noah, der war aa da her.
I will net sagn grad von der Au,
Dees woaß ma nimmer so genau,
Doch daß der Noah Bayer war,
Dees is gar nicht bezweifelbar,
Denn unseroana kennt sein' Zweck
Und hat aa 's Herz am rechten Fleck.

Wer hätt denn Anno dazumal
Scho' denkt an einen Wasserfall,
So wia die Sündflut oana war?

Dem Noah, gel, dem war dees klar.
Er hats zur rechten Zeit derkennt,
Daß grad dees feuchtest' Element
Glei schaffelweis' vom Himmel kracht
Und d' Leut an Strich durch d' Rechnung macht.
Die Welt war schlecht und nimmer schö'
Und Gott hat gsagt: Soll s' untergeh!
Ja, hoffentlich nimmt er – o mei' –
Net heut den gleichen Standpunkt ei'?!

Der Noah hat sich net viel denkt
Und is in Boarischen Wald nei'gschwenkt.
Dort hat er schnell mit seine Söhn
A Schiffhaus baut und guat is gwen.
»So«, sagt er drauf und reibt sich d' Händ,
»Jatz Himmel, zoag dei' Regiment,
Damit sies siehcht, die gscherte Welt.
Fang nur glei o' – i bin scho' gstellt.«

Und wirklich hats vom Firmament
Auf oamal ganz wüast obagregnt.
Ja Tag und Nacht, schier ohne End
Hats gregnt und gregnt und wieder gregnt.
Die Flüss' und Bäch' san höher wordn
Und überglaufa hint und vorn.
Koa See hat mehr sei' Ufer kennt
Und allwei hats fest weitergregnt.
Die Häuser warn scho' unter Wasser,
Die Menschen, de werdn bleich und blasser.
Die Kinder in der Wiagn habn gflennt
Und allwei hats no besser gregnt.
Ganz narrisch is as Wasser gstiegn
Und hat die Leut a'm Berg nauftriebn.

Aus alle Augn schaugt das Entsetzen,
A jeder bet' zu seine Götzen.
Doch wia s' aa ringa mit de Händ –
Der Himmel regnt und regnt und regnt.
Sie habn nix kennt mehr als wia Betn,
Als ob sie's im Akkord ghabt hätten.
Doch wer bei Not nur bet'n ko',
Der kriagt koa Gnad und koan Pardo'.
Drum is des Wasser gstiegn und gstiegn,
Bis alles unter Wasser bliebn.
Sogar die Jungfrau in der Schweiz
War unterganga allerseits.
Nur bloß de Zugspitz war no' da,
Damals war s', glaub i, höher ja.
Und da san d' Leut dro'ghängt wia Zeckn,
An jedem Stoa – an jedem Steckn,
Grad grunga habn s' um jeden Punkt –
Der Stark' den Schwächern owitunkt.
Es war koa Gfuih' mehr da, koa Gwissen,
Ja Fraun und Kinder habn s' no'gschmissen,
Damit s' no Platz ghabt hat, de Bruat
Und bet' habn s' nimmer – brüllt vor Wuat.
Den Höchsten hats – wenn auch erlaucht,
Ganz unbarmherzig owitaucht.
Sogar den allerbesten Schwimmer
Hats owizogn – ma' siehcht 'hn nimmer.
Ja, oana, der am Lebn bleibn wollt,
Der hat sich mit a'm Kistl Gold
Den allerhöchsten Spitz derkauft –
Es nutzt eahm nix – auch er dersauft.
Ma' hört koan Schnaufer mehr, koan Muckser,
Bloß Wasser rauschen – lauter Gluckser.
Ma hat nix schwimma sehgn und hupfa,

Sogar die Fisch san mit dersuffa.
Am nächsten Morgen in der Fruah
War alls Erhabene scho' zua,
Nix war mehr da, wo mir heut san:
Die ganze Welt oa Ozean.
Ja, net amal a Vogerl mehr,
Bloß lauter Wasser, lauter Meer.
Nur bloß de Welln de murmeln stad
Noch eine Trauerserenad'
Vom alten lieben Augustin'
Ja, alles – alles is jetzt hin!

Net wahr is! – Mei' Gott, paßts doch auf!
Da drübn da schwimmt doch ebbas rauf.
Grad wia a Kahn und drin a Haus –
Dees schaugt ja wia a Dampfer aus.
Werst sehgn, daß i an Besen friß,
Wenn dees net gar der Noah is!

Und richtig wars Noah, der Bayer,
Vorn sitzt er an der Archen Steuer
Und lacht sich schö' an Buckel voll,
Weil er sich trocken fühlt und wohl.
Er hats derkennt wia net a jeder,
Vors ogfangt hat dees Regenweda;
Drum hat er glei aus Tannaholz
De Archen baut – sei' größter Stolz,
A Haus- und Hofschiff konstruiert
Und guat mit Pech und Teer verschmiert.
Hat aa aufs Innere recht gschaut
Und Küch und Kammern einebaut.
Hat alles einteilt auf a Lot,
Daß koana merkt a Wohnungsnot.

Sogar von seine Viecher all,
Da hat a jedes Paar sein' Stall.
Und Viecher warn da drin grad gnua,
Denn außerm Hausviech, Katz und Kuah
War schier a jede Art vertretn:
Oachkatzl, Känguruhs und Krötn,
Seelöwn und Tiger, Elefanten
San paarweis' umanandagstanden.
Nachteuln und Nilpferd, Mordstrumm Würm,
Zwoa Tausendfüaßler tean si' rühren,
Heuschrecken, Stachelsäu und Reh
Und Gamsen, Wanzen, Läus' und Flöh,
Spitzmäus und Ratzen, Krokodil,
Zwoa Spatzen hint' im Vestibül,
Kreuzottern und Kreuzspinna
Warn aa no' in der Archen drinna.
Was Haxen, Flügel hat und Flossen,
War drin beinand als Viechgenossen:
Zwoa Fuchsen habn an Stall für sich,
A Gans alloa mi'n Anterich,
A Gockel mit bloß oana Henna,
Der hat dees gar net fressen könna.
Zwoa Walfisch im Aquarium
Und außen tanzen d' Affen rum.
Dees war a so a Kuddelmuddel,
A Belln und Schrein und a Gedudel.
Ma hat verstopfa müassn d' Ohrn,
Sunst waar ma pfeigrod dorat wordn.
Vom Grücherl wolln ma gar net redn,
Dees habn s' dazua no' gratis gebn.

So is der Noah wochalang
Und gsichert vor dem Untergang

Auf dera Sündflut umagschwumma,
Hat Zither gspielt und dreinzua gsunga:
Fahrn ma auf Minka mit 'm Floß,
Dees geht vui schneller wia mi'n Roß. –
Na ja, dees Liad kennt jeder heut
Von unsere alten Bayernleut.

Am ganzen Globus san s' herum,
Auf oamal – draht der Wind sich um
Und legt sich hi' und 's Wasser fallt
Und fallt und fallt, findt schier koan Halt,
Und auf amal sinkts ruckweis' nieder
Und nachananader schaugt scho' wieder
Der Nockherberg und Himalaja
Ganz grüawi außa aus 'm Weiher.

»Ah!« schreit der Noah, »da schaugts her!
De Lacka werd scho' niederer!
Was Greans gibts aa scho' irgendwo
Mei' Taubn is mit an Radi do,
Und bal' i mi net täuschen tua,
Dann schwimm i auf mei' Hoamat zua.
Es is scho' so – schaugts nur grad hi',
Is's wahr iatzt oder täusch i mi?
Da vorn is doch glei rechter Hand
Die broate Benediktenwand,
Und weiter drunt 's Ettaler Mandl,
Ja freili – dees is 's Bayernlandl!
Wer dees net kennt, der hat koa Hirn –
Ma siehcht ja scho' die Frauentürm,
Der Petersturm und 's Hofbräuhaus
Schaugn aa scho' mit de Spitzeln raus! –
Halt stad – de san ja no' net gstanden –

Am Nockherberg drobn werdn ma landen.
Lang gnua san mir iatz umagschwumma
Und no'mal recht guat weggakumma.
Teats d' Bratzen zsamm und bets ma gscheit,
Damit der liebe Gott sich freut.«
Und scho' siehgst d' Sunna owaleuchten,
De 's Wasser oziahgt und die Feuchten;
Der Erdbodn, der werd blattltrucka,
Koa Wassertröpfl tuat si' mucka.
Und um die ganz Peripherie
Stellt Gott sein' ersten Regnbogn hi'.
Der Noah schreit: »Er hört uns scho',
Da schaugts nur den Triumphbogn o',
Grad über uns als wia a Gwölb,
Da schimmerts owa: blau – rot – gelb!
Dees Siegestor laß i mir gfalln,
Jatz brauch ma uns koa extrigs maln
Und könna glei durch dees ei'ziahgn.
Leut, stellts euch auf vorn bei der Stiagn:
Die Viecher z'erscht – mir hinten dro'
Und allwei paarweis' – Wei' und Mo'!«
So geht der Festzug durch die Stodt.
Ja, Servus Bayern – grüaß di Gott!
Da unten muaß der Tierpark sei',
Da tua i meine Viecher nei'.

Seitdem is München aa die Stadt,
Die wo die meisten »Viecher« hat.

## 11. Der Probier-Rausch
## oder
## Wia der Noah am Nockherberg das Rezept gfunden hat

Obst hoch in Grönland droben sitzt,
Obst drunt in Afrika recht schwitzt,
Obst am Äquator Schlittschuah fahrst,
In Griechenland und Rom scho' warst,
Obst auf dem Monte Everest,
Im Ural oder sonst wo gwest,
Dees macht nix aus – die größte Freud
De hast, wennst nach a langa Zeit
Ins Hoamatlandl wieder kimmst,
Vorausgesetzt, daß du 's wieder findst.

Wia sollts uns drum aa wundern dann,
Daß unser Noah mit sei'm Kahn
Voll Freud in Bayern wieder glandt hat,
Dees an dem braven Mo' koa Schand hat.
Zwar hat die Sündflut viel dertetscht,
Vernicht', verschwemmt und zsammaquetscht

Und nix als wia an Staub, an nassen,
Und Durchananander hinterlassen.
»Ja!« seufzt der Noah, »doda san ma!
Jetzt hoaßts natürlich: Rama taan ma!
Da tragts amal den ganzen Kram
Da nüber auf oan Haufa zsamm,
Damit amal a Bodn hergeht!
Und – was sich ganz von selbst versteht:
Die Wasserleichen werdn beerdigt,
Zur letzten Ruhe abgefertigt. –
Durch dees, daß alle drauf san ganga,
Hoaßts jetzt für uns: von vorn ofanga!
Die erste Zucht hat scheints nix taugt –
Will sehng, wia de bei uns ausschaugt!
Drei Buabn bloß: Japhet, Cham und Sem –
Dees werd a magere Mischung gebn.
I selber bin fünfhundert Jahr,
Mei' Alte aa – da is scho' gar.
Is guat, daß i für jeden Buabn
A Deandl grett' hab aus dem Sturm,
Sunst gaang die Gaudi wieder o'
Mi'n Rippenstückerl außerto'.
No ja – iatz müaßt ma halt fest schaun,
Und net alloa auf Gott vertraun.
Du, Japhet, geh und luag ins Land,
Obst net was findst da umanand.
Werst scho was zsammorganisiern,
Geld werst koans braucha zum Verliern.
Mir essen derwei tote Fisch,
Bis du was zuawabringst zum Tisch.«

Nach drei Tag is der wieder kemma:
»Mei' Vater! gnua gibts, wenn mas nehma!

Da wo i gmoant hab, hob i glei
A Musterpflanzl mit dabei.
Schau her da: Gersten, Woaz und Korn
Und da – dees san so Doldn wor'n,
De kenn i net – habs aa nia gsehng –
I woaß net, ob mir so was mögn?
De wachsen hoch wia Bohnastanga,
Grad viel gibts, kannst as kaum derglanga.«
Der Noah riacht dro' und verreibts,
Probiert a paar, verschluckts und speibts.
Und doch bringt er den Gschmack net weg,
Der hängt si' ei' als wia a Zeck.
Er laßt 'hn aa im Schlaf net los
Und traamt davo' ganz grandios:
Eahm is's, als taat der Herrgott selbn
Sich auf an Lehrkatheder stelln
Und zoagat eahm in oana Hand
A Gerstenbüschl voll im Sand.
Und dann von dem eahm unbekanntern
A Doldensträußl in der andern.
De zwoa steckt er jetzt in a Vasen,
A komisch Gfäß mit Henkelnasen,
Und dann schreibt er auf d' Tafel hin
Des kleinen Schauspiels tiefern Sinn:
Aus Gerstenmalz und Hopfen
Entsteht ein guter Tropfen!
Und wia er dees Rezept so schreibt,
Der Noah sich die Augen reibt,
Da siehcht er wirklich eine Hand,
Die schreibt und schreibt an weißer Wand
Und setzt am Schluß ein Ausrufzeichen!
Und nachher sieht er sie entweichen.
Doch das gehenkelte Gefäß?

Ja, Herrschaftsaa – was is denn dees?
Da steigt der Schaum hoch übern Rand –
Fast ängstlich nimmt er mit der Hand
Den Kruag und blast die Wolken weg,
A brauner Saft kimmt – ja verreck!
Was werd dees sei' – ja, i probier –
Sunst spann i ja den Inhalt nia.
Doch wia er hätt dro' schlecka mögn,
Hat er die Büschel wieder gsehgn,
Der Saft war weg und hat 'hn gschlenkt –
Da hat er an die Botschaft denkt:
Aus Gerstenmalz und Hopfen
Entsteht ein guter Tropfen.

Er ziaghgt si' o' und »Japhet!« schreit er,
»Du bist von alle drei der Gscheiter,
Nimm mei' Kamel und mach die weg!
Da hast a Brotzeit und zwoa Säck
Für Gersten und von dem recht viel,
Dees san die Sachen, de i will.
Die Dolden nämli, woaßt, du Dolde,
Die wo ich anfangs gar nicht wollte,
De san ganz wichti, glaub es mir.
Da mach ich nämlich ein Probier!«

Der Japhet schüttelt bloß den Kopf,
Steigt aufs Kamel und holt an Hopf.
»He, Cham und Sem, teats aa mithupfa!«
Und naus is alls zum Hopfazupfa.

Der Noah, der hat unterdessen
Gar nimmer denkt ans Mittagessen.
»Jetzt«, sagt er, »muaß was anders sei',

Da richt' i glei a Braustubn ei'.
Geh, Muatta, hast koa große Pfanna?
Ja, frag net – werst as scho' no' spanna.
So, rei' mi'n Sach und reds nix drei',
Da muaß i beianander sei'
Mit de Gedanken, daß's was werd,
I brings scho' zsamm – waar ja verkehrt,
Da mach i mir jetzt ein Probier,
Ja, ein Probier – so ein Probier,
Dees wo i selber glei probier.«

Lang habn s' an Noah nimmer gsehgn.
Was aber Tag und Nacht is gschehgn,
Dees hat nur er alloa erlebt
Beim himmlischen Geheimrezept,
Scho' schäumt im Bottich drin und wia
Ganz siadadhoaß dees Prostprobier.
A Faßl hat er sich no' gmacht –
Oans abkühln lassen über Nacht
Und moant, daß dees iatz ferti is:
»Wenn i's versuach, dann woaß i's gwiß!«
Er nimmt den stoanan Henkelkruag,
Schaugt nei' z'erscht wia a Dramaturg,
Schenkt ihn mit großer Andacht voll
Bis rauf zum Rand – da fehlt koa Zoll –
»So!« sagt er, »jetzt kommt der Moment,
Wo man den Affen wegga kennt.«
Daß ihn die Neugier nicht lang quäle,
Trinkt er und sagt: »O Blumensäle!«
Er macht die Augn zua und geht mit,
Wia eahm der Trunk durchs Speisgebiet
Schö' langsam nunterlauft in Magn:
»Da kann ma bloß Gott Vater sagn.

Prost, Noah! Mit dir trink i gern,
Ja, Herrschaft, habts es zischen hörn?
Den hab i gspürt, bei meiner Seel,
Dees rinnt ja owi wia an Öl.
Da drin logiert a kloane Hex,
De macht oan warm – iatz trink i ex!
Weil dees koa kloana Schnapper waar?
Den ganzen Maßkruag hab i laar!
Da muaß i no' oan außerschöpfa!
I glaub, dees gibt a schöne Hepfa.
Den stemm i iatz glei auf amal,
Dees is mir iatzat ganz egal –
Heut werd si' neiglegt in de Brüah!
Ja, Hollerstaudn! – Wia werd denn mir?
Mei' Kopf werd auf amal so schwer.
Geh langts mir doch an leichtern her!
Den kann i ja schier nimmer tragn.
Was werd iatz da mei' Alte sagn?«
Er nimmt sich zsamm mit aller Gwalt:
»Wo seids denn Buabn? Geh halts mi halt!
Wer sagt da, daß i bsuffa bin?
Wer steht net grad?« – scho' hauts 'hn hin.
Ganz müahsam richt er sich in d' Höh,
Es hilft nix – er kann nimmer steh'.
»Sankt Vater!« lallt er, »dir zu Ehrn
Fliag i in'n Himmel – i muaß sterbn!« –
Im ganzen Gsicht hat er scho' gfärbelt
Und wieder hats 'hn onikörbelt.

Da werd vielleicht iatz mancher moana:
O mei', der Noah, dees war oana!
Von zwoa Krüag voll scho' hauts 'hn um!
Ja mei', du liebes Publikum,

Zu der Zeit warn die Maßkrüag größer –
So – iatz verstehst den Zuastand besser.

Der Noahfrau wars ewi lang
Um ihren Mo' scho' angst und bang,
Drum hats zum Cham gsagt: »Geh, schaug nauf!
I woaß net, is er nimmer auf,
Der Vater, weil si' gar nix rührt.
Vielleicht is eahm gar was passiert?«
Der Cham steigt nauf in d' Bastelkammer,
Siehcht, wia sei' Vater, so a strammer,
Als schöner, großaufgwachsner Mo'
Gar nimmer steh' und hapfa ko'.
»Was wollts denn!« schreit er, »da schaugts rauf,
I glaub, der liegt im letzten Schnauf.
Und wia er da flackt, ganz derspreizt,
Als hätt 'hn wer am Bodn hingschneuzt.
Und halbert nackert – vorn alls offen,
Da gibts bloß oans: der Mo' is bsoffen!«
»Geh, scham di!« sagt da drauf der Sem,
»Hast du koa Achtung mehr vor dem,
Der di' in d' Welt hat einergsetzt?
Wert bist as net, wennst soda redst.
Der schlaft doch bloß, laß eahm sei' Ruah!
Geh weiter, Japhet, deck ma 'hn zua!«

Schier achtavierzg a halbe Stund,
So gibts die alte Schrift oam kund,
Liegt in der Archenbräustubnkammer
Der Noah mit sei'm Katzenjammer.
Und no'mal vierundzwanzig Stund
Hats dauert, bis er wieder gsund,
Im großen ganzen annehmbar

Und halbwegs beianander war.
»Salvata!« lallt er no' im Liegn,
»A so a Ruaß is koa Vergnügn.
Du liaba Himmel, so a Rausch!
Und doch mach i mit koam an Tausch,
Denn i war selig wia no' nia:
Der Rausch war schön – hoch das Probier!«

Historiker, gebts euch koa Müah
Und nehmts es auf in euer Gmerk,
Aus dem Probier entstand das Bier
Im Archenschiff am Nockherberg.

– – – – –

'S Rezept habn s' später wieder gfunden,
Die Archen aber is verschwunden.

## 12. Der Turmbau zu Babel
## oder
## Wia sich die Menschen nimmer verstanden habn

I war amal in Amsterdam,
Der Heimat vom »Kannitverstan«,
Da an der Nordsee umanand,
Von Bremen aus glei linkerhand.
Es is ja no' a schöns Stück hi',
Abgsehn von dem – zum Geh' moan i,
Denn wennst mit'm Finger auf der Karten
Da nüberfahrst, dann kannst drauf warten.

De Stadt – de hat an Pfundsverkehr.
Der oa schiabt hi', der ander her.
Da fahrt a Auto, da a Schesn
Mit Leut aus alle Diözesn:
Franzosen, Schweden und Chinesen,
Araber, Spanier, Singhalesen,
Engländer, Neger und Slowaken,
Hawayan girls und Kanaken.

Man siehcht so ziemlich alle Rassen,
Mit Köpf, de net am Hals naufpassen,
Mit Patzlaugn und gschwollne Lippen
Und ganz verkehrt einghängte Rippen.
Mit Dreikant-, Vierkant-, Sechskantschädel
Und Füaß dazua wia Christbaumbrettl.
Es san aa schöne Leut mit drunter,
Doch wirkt halt alls so kunterbunter.
Und wennst dazua no' hörst dees Gred:
Da plärrn s' zu zwoat, dort schreit 's Quartett.
Und wia s' oft singa, net vui schierle,
Dees is scho' gar net mehr natürli.
A Sprach habn s' durchanander pappelt,
Daß mir glei heut der Kopf no' rappelt.

I find, da is halt unser Sproch
A anders Ding, da woaß ma doch,
Daß oans dees andere glei' versteht.
Soo deutli is ja koane net
Als wia de unser – dees gibst zua?!
Wenn di oans boarisch schimpft, host gnua.
Dagegen dees Englisch und Französisch,
Hebräisch, Türkisch und Chinesisch,
Ungarisch, Russisch, Hindustanisch,
Da werst ja mit der Zeit stockdamisch.
Vom Preißischen will i nix sagn,
Dees müaß ma als Belastung tragn.

Wia schö' waar dees, wenn alle Leut
Auf bayrisch redn taan – dees waar gscheit.
De Sprach hat jeder glei im Kopf,
De lernt ma mit und ohne Kropf.
Urwüchsig is s' – es liegt was drin –
Wennst boarisch redst, dann hats an Sinn.

Naa – liaba d' Zunga z'erscht verstaucha,
Als wia a Sprach, a gscheite, braucha.

Im alleraltesten Altertum,
Ums Jahr zwoatausend so herum,
Vor Christus moan i – dees is klar –
Da wo ma abzogn hat die Jahr –
Dort hat ma no' in alle Landen
Nur bloß a oanzige Sprach verstanden.
In Afrika und in Thessalien,
In Stuttgart drübn und in Australien,
In Rußland, Karlsruh und Dresden,
Im Osten, Süden, Frack und Westen,
Ob nah da oder weit entfernt
Habn s' oa Sprach in der Schui no' glernt.
Und weil die Menschen mitananand
Oa Sprach ghabt habn und oan Verstand,
A jeder hat dees gleiche denkt,
Drum hats koan Streit gebn, koa Gezänk,
Koan Putsch, koan Krach in koam Bezirk,
Koan Auflauf und koan Völkerkriag.
Ganz friedlich glebt habn s' ohne Zorn,
Und wems net paßt hat, der is gstorbn.

Gwiß hätt ma heut den Frieden no',
Wenn s' net da drunt in Babylo'
Den Wolkenkratzerturm hä'n baut.
De habn die ganze Gschicht versaut.
Nimmer z' guat is's eahna ganga,
Da wollten s' halt was Neu's ofanga.
Der Erdbodn, der war eahna z' nieder,
Viel höher nauf waar aa net zwider,
Habn s' gmoant – was soll der Herrgott drobn
Den Himmel ganz alloane hobn?

Mir kriacha rum als wia a Wurm,
Gehts weiter, Leut, baun ma an Turm,
der bin in'n Himmel eine geht
Und na no' drüber auße steht.

Und scho' war alls zum Baun bereit,
Ja, ganz verblendet warn die Leut:
Hotelportiers und Oberkellner
Und von Ägypten her die Söldner,
Großbauernknecht und Obsthausierer
Mit Magistratler, Trambahnführer,
Ja, Schneida, Schuasta, Bäcker, Schmied
Habn grabn und gmauert und san mit.
Koa Stand zwar z' hoch und koana z' nieder,
A jeds hat gmörtelt – koam wars zwider.

Ja mei – war dees a Hetzerei,
A Hin und Her und ein Geschrei.
De oan habn mit Zwoaradlerkarrn
An Sand und d' Stoana zuawagfahrn.
Die andern, de habn Wasser tragn,
Die Dritten 's Fundament eigrabn.
Die Schreibersgselln habn nivelliert,
Die Bader habn an Kalk ogrührt,
Konditor habn die Wänd aufgführt,
Die Redakteur habn d' Höh fixiert,
Die Metzger habn die Balken glupft,
Die Maurer, die habn graucht und gschnupft,
A Dichter und a Journalist,
De arbatn am Baugerüst,
Die Schreiner und die Stukkateur,
De holn für alle Brotzeit her.
Und so gehts zua schier ohne Ruah
Vom Kapo bis zum Mörtelbua.

A jeder werkelt was er ko',
Ma siehchts aa scho' der Höchn o'.
Der Herrgott aber in sei'm Himmel
Schaugt owa auf dees Leutgewimmel
Und macht sich Falten in sei' Stirn:
Sehng möcht i's, was de zsammontiern?
Da hört si' fei' scho alles auf!
Jatz wolln s' glei gar zu mir no' rauf
Und drunten habn s' an Haufa Platz,
I glaub, de schmieden no' Komplotts,
Wia s' mi vom Himmel owaschmeißen?
Ja de san guat – de wolln mi beißen!
A so a Frechheit – de is gschmalzen!
Na wart', i wer's euch scho' versalzen! –
Es war a Tag, wia heut so schö',
Da wollten s' wieder drübergeh'.
Damit der Turm werd fertiggstellt.
Soviel, habn s' gmoant, hätt nimmer gfehlt.
Auf oamal – ja was is denn dees?
Dees is ja direkt skandalös!
Versteht der oa den andern nimmer –
Der schaugt recht dumm – der dort no' dümmer,
Und jeder, der oan fragt, der denkt:
Habn s' dem a andere Zung nei'ghängt?
Wia is denn dees zum Teixl nei'?
Soll dees a Einheitssprach no' sei'?
Voll Wuat scheit dorten der Polier
Zum Mörtelbuabn: Geh her zu mir!
Da sagt der Lauser ungefähr:
»I didn't understand you sir.«
»O yes my boy – how do you do?«
A anderer fragt: »Qu'est ce – qu'avez vous?«
»Malheureusement – je n'nai pas compris!«

Ja da schaugts her – a bel ami?!
Von obn her fangt a Zimmermo'
A Schimpfats mit sei'm Lehrbuabn o':
»Ja hörst du net – Kreuz Ninive?« –
»No le comprendo a Usted!«
»Caramba! – Is denn alls verhext?
Was redts denn ihr da für an Text?«
»Effendi, Aleikum und Salem«
So hört mas dazwischen erschallen.
Und »Nisam ras rasumio!«
Ja san denn lauter Dumme do?
»Avanti presto – Si signore
Dov' é maestro muratore?«
Der Maurermoasta schreit: »Do waar i!«
Und speibt in d' Händ – »ho non sputare!«
»Towarischtschi – ja gawarjuu!«
A Durchanand war da im Nu.
Der oane sagt zum oam: »Bleib do!«
Und der sagt oafach: »Nitschewo!«
Da hint' is oana ganz plemplem,
Der sagt bloß no' »Teremtemtem!«
Und irgendwo da hörst a Gred:
»Mensch quasseln Se man nich so blöd!
Ihr seid ja doof! – Wat los im Saal?«
Als Antwort kommt: »Nu härn Se mal!
Ich saache eich, ihr läpp'schen Männa,
Wie mir so scheene spricht doch keena!«
Am zehnten Grüst sann aa zwoa schiach:
»Hascht mi it ghört, du dommer Siach,
I schlaa d'r oine an da Grind
Daß di dei Muatt'r nimma findt,
Du Seckel du, leck mi im Aaasch.« –
Kurzum a jeder kimmt in d' Rage,

Grad wia im Parlament gehts zua –
Die ganze Turmarchitektur
Hat kauderwelschelt wia net gscheit
Und aus wars mit der Einigkeit.
Ja voller Wuat san s' heraganga
Und habn glei mit de Grüstzeugstanga
Dees Bauwerk übern Haufa gschmissen
Und alles wieder zsammagrissen.
Und weil s' no' net ganz gnua ghabt habn,
Habn sie sich aa no' d' Köpf verschlagn.

Sehn S' – seit der Zeit is auf der Welt
Mit dera Eintracht haute gstellt
Und kemma tuats erst wieder, wenn
D' Leut so wia mir heut denka tean und redn.
Denn unser Sinn is net verhunzt,
Es lebe unsere Heimatkunst.

Weil aber unser Ausdrucksweis'
Wia »Loawedoag«, »Mach koane Meis'«
Und »Wenn s' an Schmai hä'n, schnupfatn s' hn,
An Rock, an Huat, na' lupfatn s' 'hn«
Der Hundertste net außerbringt,
Weil eahm der Rhythmus net gelingt,
Drum gibts koa andere Lösung mehr:
A neue Einheitssprach muaß her!
Denn kimmt der Preiß mit Bayern zsamm
Und aa der Russ' mit Amsterdam,
Europa mit Amerika
Und Asien mit Afrika.
Da hörat ma die Weltnachrichten
Und mancher Streitfall waar zum schlichten.
Dahoam redt jeder – dees bleibt gwiß –
Wia eahm der Schnabel gwachsen is.

# ZWEITES TRUMM

Von Sodoma durch Not und Schand
Zur Einfahrt ins Gelobte Land

## 13. Sodoma und Gomorrha
## oder
## Wia der Lot aufs Salzstangerl kemma is

I kann dees Ding drahn wia i will
Und kimm halt auf koa anders Ziel,
Als daß die alten Baiernleut
So um die Testamentenzeit
Viel eher habn a Bleibats kennt
Auf ihrem Hoamatkontinent
Als wia dees heutzutag der Fall is,
Wo doch der Bayer überall is.
Dees hats ja früher aa net gebn,
Daß oana wollt wo anders lebn
Als wia grad do wo er geborn,
Heut is alls auslandnarrisch wordn.
Und dann hat quasi über Nacht
Der Kriag alls durchananda bracht.

Doch halt, daß i net lüag wia druckt,
Oan woaß i, der ganz unbefugt

Und zu de selbigen Zeiten scho'
Ans Rote Meer a Reis' hot to'.

Vo' Regnsburg war's a Bäckermoasta,
A guata Fuchzga – na, wia hoaßt er,
Der wo nach Sodoma nei'gheirat hot –
Der Dings da – no, der Dings – der Lot. –
Der Lot, dees war der oanzig Mo',
Dersel', der wo ganz früher scho'
Sein' Hoamatort verlassen hot,
Net, daß in Baiern d' Hungersnot,
Kriag oder sunst a Plag waar gwesen.
Naa – bloß sei' alter Hauskreuzbesen,
De hat 'hn plagt den guaten Mo'
Und so lang in eahm eine to',
Bis daß er nachgebn hat – der Lapp.
Was hat er ghabt davo? – An Papp!
In Sodoma, da habn die Leut
In Sünden glebt no' mehr wia heut.
Net oana hat an Herrgott kennt,
Und gschimpft und gfluacht habn s' eminent.
Es hat nix gebn wia lauter Lumpen,
Koa Ehrg'fühl, net an oanzign Funken,
Ausplündert, gstohln, verraamt und gschobn
Hat dort die ganze Garnison. –
Und in Gomorrha war's net besser,
Dort habn s' glei grauft mi'n langa Messer.
An jeden, der no' unverdorbn,
Den habn s' vermöbelt hint' und vorn,
Sauber gwaschen war net oana,
Voller Dreck bis auf die Boana,
Nirgendwo a Bröckl Gwand,
Halbert nackert warn s' beinand,

G'arbat hat net oana wos,
Rumgflackt san s' ganz beispiellos,
Glei auf d' Straß habn s' onighei'ert,
Koana hat den Unfug gsteuert.

Der Lot hat bimst vor lauter Wuat:
»Bluatsau is da dees a Bruat!
A so a ganz ausgschamte Bande!
Da muaß i weg, sunst wer' i grante.«

Da sagt der Herrgott: »Laß nur sei'
Und misch di in de Gschicht net drei'.
I pack s' scho' fest zsamm, brauchst net moana,
Auskemma tuat von dene koana.
Dees geht ganz schmerzlos iatz und schnell
Bloß muaßt z'erscht weg von dera Stell.
Drum richt dei' Sach zsamm, nimm dei' Frau
Und gehts gradaus und merkts euch gnau:
Teats ja net umschaugn – koans von euch!
Denn wer ma umschaugt – is a Leich.
Wia i dees Gschwerl da vernicht',
Auf welche Art i halt mei' Gricht,
Dees brauch dei' Neugier gar net drucka,
Der Schwefel werd de Bruat verschlucka.

Jatz pack dein Haklstecka, Lot,
Net lang – dann werd der Himmel rot
Und nachher wennst was zischen hörst,
Dann woaßt as, daß dees allerschwerst
Und allerärgste scho' is gschehgn –
Geh weiter, führ a reinlichs Lebn
Und grüaß ma schö' mei' Baiernland,
Halts drinna zsamm und bleibts beinand.«

No wias auf d' Nacht recht finster war,
Da hat der Lot sei' Inventar:
An Kragn und dreizehn Hemadbrüstl
Schö zsammpackt in a Zigarrnkistl.
»So, Alte!« sagt er, »iatzat geh!
Verlaß ma unser Wohncoupé
Und zwar auf Nimmerwiederkehr,
Schuld bist ja du – i waar ja z'erscht net her.
Da hast a saubers Hoamatnest,
Da bin i 's erst- und 's letztmal gwest.
Dei' ganzer Stamm, die kloana wia die großen,
Mit Putzlumpen ghörn s' all' derschossen.«

In aller Fruah durch Wald und Höh
Sieghst scho' n Lot und d' Lotin geh.
Auf oamal hat was hinter eahna
So prasselt als wia Schwefelkörner.
Wia bei der Sündflut 's Wasser kemma,
So tuats 'as Feuer owarenga,
Ja klirrt und gschebbert hats und kracht
Wia bei a großen Völkerschlacht.
Der Bodn hat wia a Kuahschwanz gwackelt
Und liachterloh hats vüragfackelt.
Ma hört bloß Jammern no' und Schrein
Ganz fürchterlich in d' Höh naufsteign.
Ja Himmiseiten iatz gehts auf.
Die Sodomana kriagn oans drauf,
Grad kracha tuats auf alle Seiten
Zur Straf für eahnare Schlechtigkeiten.
Bum Batsch! Die ganze Stadt hat zittert,
Batsch Bum! Und wiederum hats gwittert,
Die Häuser hats mitn Giebeldeckel
Grad so wia Holzbaukastenstöckl

So inanander zsammakäut,
Daß d' Fetzen gflogn san weit und breit.
Und was für Trümmer, koana kloana:
Gaslatern und Pflasterstoana,
Auslagscheibn und Fensterstöck,
Stiefelsohln, Kartoffelsäck,
Vorhangstangen, Teppichläufer,
Blumenscherbn und Fuaßabstreifer,
Ofenschirm und Hosenträger,
Trachtenhüat und Tennisschläger,
Gipsköpf, Krüageln, Nasenschilder,
Kanapee und Landschaftsbilder,
Küch und Speis mit samtn Keller,
Schüsselrahm mit Tass' und Teller.
Gschebbert hats da scho' so vui,
Grad als wia a Kartengspui
Is dees ganze Zeugl gflogn,
Saxndie war dees verwogn.

»Allwei gradaus! Mach koa Gschau!«
So mahnt der Lot sei' Ehefrau.
Doch mei', ihr Leut, was hilft da glei
Bei so an neugierigen Wei'
Dees ganze Mahna und Befehln?
Ja also laßts euch nur erzähln:
Wia nämlich unserm Lot sei' Frau
In d' Ohrn kriagt hat den Pfundsradau,
Dees Sausn, Brausen hinten rum,
Hats d' Neugier packt und sie schaugt um.

Doch kaum hats ihren Kopf verdraht,
Wars aa scho' ferti 's Resultat.
A Wolken voller Schwefelsolz

Hats gstroaft und steif war s' wia a Holz.
Als Salzsäuln war s' im Nu verwandelt,
Die ganz' Figur hats ihr verschandelt.
Der Lot, der hat zwar scho' was gspannt,
Doch der is allwei unverwandt
In oana Richtung gradaus fort,
Bis daß er in sein' Heimatort,
Ins Baiernlandl nei' is kemma,
Da hat er dann erst umschaun könna.

»Ja Besenstiel und Sandgruabnwänd!
I hab mirs aber glei scho denkt!
A so a Dummheit, so a dumme!
Jatz stehts da drunt als wia a Mumie.
So mager wi a Hopfenstanga
Is ja im Lebn scho' gwen de Zanga
Und iatzat – jeh hab i an Zorn,
Jatz is s' a gsalzne Stanga wordn.
Wenn da vorbei die Pilger kemma,
Dees Denkmal muaß si' nett ausnehma.
Möchts aber gar net aufaholn,
A so weit weg – bin doch net gschwolln.
Dees san ja gwiß a tausad Meiln,
Was taat i mit a Schwefelsäuln?
I kann s' ja doch als Weib net braucha,
De taat ja net an oanzigen Haucha
Und kalt waars aa und steif und starr,
Nanaa, hast ghört, i bin koa Narr.
Schuld war sie selber – is net schod.«
So schimpft und wettert unser Lot.

Schnell hat den Schmerz er überwunden
Und sich ins Schicksal einegfunden,

Hat in der Stoapfalz hinten glei
Eigricht a neue Bäckerei,
Hat Gstanzeln und hat Jodler gsunga
Und pfiffa wia a Spatz a junga.
Hat in der Backstubn hinten glacht
Und voller Freud sein Toag ogmacht. –
Bloß hie und a – so zwischennei' –
Fallt eahm sei' Frau Gemahlin ei'.
Da hat er meistens traumverlorn
Sein Toag spitz zuadraht hint und vorn
Und kloane Stangerln fabriziert,
Mit Kümmel und mit Salz garniert,
Hats guat und schö' braun außabacha,
Daß s' jeden glei in'n Magn nei'lacha.
Und grad dees gsalzne Stangazeug,
Dees war fürn Lot a greane Zweig,
Denn alles is zu eahm higanga,
Bloß zwengs de guaten gsalzna Stanga,
Ja alles rennt und alles lauft,
Heut werdn die Stangerl no verkauft,
Stoareich is er bald wordn der Lot,
Bloß weil sei' Alte umgschaut hot.

– – – – –

So, Leut, iatz wißts es, daß de Stanga
Vom Bäckermoasta Lot herstamma.
Wennst oane ißt, tua ro' dein Huat,
Neubacha da san s' bsonders guat.

## 14. Der alte Abraham
## oder
## Wia der Vater mit sei'm Buam zum Opfern ganga is

Kannst sagn, was d' magst, in dees Programm
Ghört aa der Vater Abraham.
Wia leicht kunnt oana nach eahm fragn –
I kann de Gschicht net unterschlagn.
Wirtschaftlich war der guat beinand,
War aa mi'n Lot a weng verwandt.
Für den hat er an Bürgen gmacht
Wia damals Sodoma verkracht.
Die Sarah war sei' Lieblingsfrau,
Die andern woaß ma net so gnau.
Man sagt, er hätt im ganzen Lebn
Für d' Menschen a guats Vorbild gebn.
Gastfreundlich war er jederzeit
Und recht barmherzig zu de Leut.
Mit dreimal hundertachtzehn Knecht,
Wia d' Bibel sagt, gehts oam net schlecht.

Da muaßt an schöna Feldbau habn
Und 's Rindvieh rechnest selber zsamm.
Wer reich is, der ko' leicht was schenka,
So werd sich mancher vielleicht denka.
Doch grad de selbn, de hergebn kunntn,
De hat ma oft recht ruachat gfundn.
Vom Abraham erzählt ma ebn,
Der hätt sei' eigens Bluat hergebn.
Net bloß sei' Hemad, wia ma sagt,
Ausnahmen gibts scho', wenn ma fragt.

Da san amal drei Fremde kemma
Und wollten gern a Zimmer nehma.
Der Abraham der ladt s' glei ei'
Mit »Grüaß euch Gott!« und »Gehts nur rei'!
Und ruahts euch aus! – Wo kemmts denn her?
Wollts gern a Brotzeit? – Bitte sehr!
Seids hungrig gwiß vom langa Lauf?
Geh weiter, Sarah, trag was auf!
An Kaas, an Butter und a Milli.
Ihr brauchts nix zahln – i gibs euch billi'.
Hockts euch nur her und teats fest essen –
I wasch euch d' Haxn unterdessen!«
So hat ma dort sein Gast geehrt,
Und wias ganz unterhaltli' werd,
Da sagt der Bessere von de drei:
»Mei liaba Freund, i moan dei' Wei'
Kriagt übers Jahr an Buabn von dir
Und der hoaßt Isaak – glaub es mir.«
Die Sarah horcht grad hoamli mit
Und denkt: De lüagn ja glei zu dritt.
Mei' Mo' is doch scho' hundert Jahr
Und i hab aa scho' weiße Haar.

Wo kaam denn da a Kind no' her?
A so a Schmarrn! Was moant denn der?
Dees kunnt was werdn – da lach i ja! –
Der Fremde sagt: »Wer lacht denn da?«
Da sagt der Abraham: »O mei',
Dees werd mei' Sarah gwesen sei'.
De traut mir sowas nimmer zua.
Freun taat mi freili so a Bua.
Denn recht lang wer' i nimmer lebn
Und wem soll i dann übergebn?«
Der Fremde sagt: »Dees hat koa Gfahr,
Du werst as sehgn im nächsten Jahr.
Bei Gott is gar kein Ding unmöglich!« –
Da werd der Abraham beweglich
Und merkt, daß er vorm Herrgott steht,
Der mit zwoa Engel grüaßt und geht.

Und wirkli – wia dees Jahr is um,
Da kriagn de zwoa mitnand an Suhn.
Die Muatta bringt des kloane Mäusl,
Der Vata hupft schier aus'm Häusl:
»Dees is a Wunder, wenn i's sag!
I saag – so hoaßt er, weil i 'hn mag.«
Nach acht Tag hat er 'hn in der Mitten
Ganz nach der Vorschrift schön beschnitten,
Damit man ja den Abraham
Noch später kennt an seinem Stamm.
Der Bua, der werd, wachst her, gedeiht
Und macht sei'm Vatern recht viel Freud.
Jung is er direkt wordn mit eahm
Und hat gar nimmer denkt ans Sterbn.
Ja wenn i sag, der Isaak war
Sein Augenstern, dann is alls klar.

Klar is bloß oans net, was iatz kimmt:
Vom Himmel er den Ruf vernimmt:
»Horch, Abraham – nimm deinen Sohn
Und führe ihn zur Passion!
Richt auf dem Berg dort an Altar
Und bring ihn Gott zum Opfer dar!«

Ja, sag amal, wennst so was hörst,
Obst da net halbert narrisch werst?
Als Vater sollst dein Buabn umbringa
Und do' dazua a Lobliad singa.
Wer bringt denn überhaupt dees ferti?
Dees waar doch direkt widerwärti.
Man hört zwar manchmal »Hundsbua« sagn,
»I kunnt den Krüppel glei derschlagn!«
Dees aber derfst net wörtlich moana.
In Wirklichkeit da tuat dees koana.

Ganz traurig schaut der Abraham:
Mit fünf Jahr, wo s' am nettern san,
Soll er sei'm Isaak 's Leben nehma,
Der doch durch eahm zum Lebn is kemma,
Obwohl ihm dees als ausbedungen
Mit Gottes Hilfe nur gelungen.
Drum widerspricht er mit koam Wort.
Der Mo' hat Nerven – folgt sofort,
Steht auf in aller Herrgottsfruah
Und sagt: »Wach auf, mei' liaba Bua!
Da schau dees schöne Morgenrot,
Dees leucht als wia zum frühen Tod.«
»Geh, Vata, warum tuast net lacha?
Derf i mit dir an Ausflug macha?« –
»Ja – richt di zsamm! Mir steign am Berg,

Es gilt a ganz a bsonders Werk. –
Schaug nach, ob mir no' Kloaholz habn!« –
Der Isaak richt die Scheiteln zsamm
Schö' nach der Reih und nach der Größ
Und fragt no': »Zu was braucht ma dees?«
»O mei'! – a Opfer müaß ma bringa!
Gib Obacht! Zwick di net in d' Finger!« –
»Ui fei' – derf i an Rucksack nehma?«
»Du werst 'hn wohl net schleppen könna,
Doch muaßt 'hn tragn – so wills der Herr!
I woaß, er werd dir sicher z' schwer.
Und ob i's selber wohl derschnauf?
Jatz steign ma halt schö' langsam auf!
Bua, nimm di zsamm und mach net schlapp,
Dir druckts as Kreuz – mir 's Herz schier ab.«

Beim dritten Buckel rasten s' aus.
»Da hinten kimmt scho' d' Sunna raus!«
»Gel' Vater, der werd schö', der Tag?« –
»O mei' Gott, Bua, wia i di mag.
I derf dir ja net alles sagn.
Wer hingricht werd, fahrt sonst im Wagn.« –
»Von dem hab i no' nia was ghört,
Wia is dees, wenn ma hingricht werd?« –
»Frag nimmer, Bua, sunst tragst no' schwerer,
I kann nix sagn – i woaß net mehrer!« –
Sie braucha mitanand drei Stunden,
Bis 's letzte Trumm war überwunden.
Drobn suacht der Vater Abraham
Für sein Altar die Stoana zsamm,
Legt no' die Scheiter kreuz und quer
Und richt' halt alls schö' langsam her.
Der Isaak mit der kurzen Hosen

Kimmt grad daher mit Alpenrosen
Und sagt zu eahm: »Schau nur wia schö'!« –
»Du derfst iatz nimmer so weit geh'.
I muaß di habn – i brauch di nachha!«
»Ja, Vater, sag, was soll i macha?« –
»Da – auf den Holzstoß knia di nauf«,
Sagt er und schaugt zum Himme nauf,
Als ob er sagn wollt: Mei', o mei'!
Du liaba Gott, muaß's wirkli sei'?
Hast denn mit uns zwoa koa Erbarma?
Ganz stad tuat er sein' Buabn umarma,
Damit er's net so merka sollt,
Doch wia er 'hn rückwärts stecha wollt,
Hört er den Engelruf des Herrn:
»Halt ein! Du sollst koa Mörder werdn!
Wer seinen Gott so innig liebt,
Daß er den einzigen Sohn hingibt,
Der hat die schwerste Prüfung bstanden!
Du kannst dein' Isaak wieder gwanden
Und nunter führn ins Isartal,
Er sei dir gschenkt zum zweitenmal!«

Ihr könnts euch denka, wia der Mo'
Fangt auf amal zum Juchzern o'.
Er hupft und schreit: »Mei' Bua ghört mei'!
Gel' Herrgott, Du kannst net so sei'!
I stift' ja gern an andern Rauch,
Wenn i mein' Buam net opfern brauch.«
Und weil a Hammel, der versprengt,
Halbtot im Dornbusch drinna hängt,
Hat er ihn statt an Isaak gschlacht'
Und Gott als Opfer dargebracht.
– – – – –

Was sagts iatz Ihr zu alledem?
Aprilscherz is dees koana gwen!
Mit sowas derf man doch net spaßen,
Dees grenzt ja fast gewissermaßen
Scho' an Sadismus – wenn ma denkt:
Stehst da mi'n Strick und werst net ghenkt.
I hätt vielleicht da ganz vermessen
A Trumm vom Hammel selber g'essen.
Die besten Bröckerln hätt i wegga.
Denn – san ma ehrlich – für den Schrecka
Taat i mi ohne viel Geniern
Sogar beim Herrgott revanchiern. –
Im übrigen, wer woaß denn grad,
Ob sich die Gschicht so zuatragn hat.
Zeugn san heut koane mehr vorhanden,
Für mi hat er Gott falsch verstanden.
Traamt werd er halt a bissel habn
Der alte Vater Abraham.

## 15. Der Esau und sei' Erstgeburt
## oder
## Wia der Jakl die Weißwurscht erfunden hat

Wer woaß denn no' de Gschicht vom Jakl,
Dem frommen Jüngling ohne Makel?
Dem wo der Esau seinerzeit
Nur bloß aus reiner Gfräßigkeit
Sei' Erstgeburt verschachert hat?
Der spinnt ja doch im höchsten Grad,
Wenn der, so wias die Chronik schreibt,
Und wia mas oam um d' Nasen reibt,
Bloß zwengs an Teller Linsenbrei
Dees Gschäft gmacht hätt. Dees waar ja neu.
Und weil i's net ganz glaub die Gschicht,
Habs i mir anders zsammadicht'.

Der Jakl war a Hüatabua,
A recht a Frömmigkeitsnatur.
A junger Mo' – a saubers Gfries –
Na ja, wia halt a Jüngling is,

Der sportlich wirkt und net verwildert
Und illustriert werd abgebildert.
Bescheiden hat der junge Jakl
Die Küah ghüat' und die Suglfakl
Und hat dazua am greana Wasen
Als Freßkonzert sei' Flöten blasen. –
Wennst aber 's Rindvieh siehgst beim Fressen
Andauernd – kannst dich aa vergessen.
Und oft hat er scho' nachsinniert,
Warum dees Rindviech vegetiert.
Und was dees untertags so leist',
Wenns stundenlang ins Gras neibeißt.
Ob denn dees so was Guats bedeut,
Weils doppelt frißt und wiederkäut.
Eahm hat dees Greazeug nicht behagt.
An Sauerampfer hat er packt,
Da hat er no' an Gschmack entdeckt,
Der Klee, der hat eahm gar net gschmeckt.
Obwohl er 'hn gsottn, kocht und brüaht,
Merkt er, daß dees koa Mahlzeit wird.
Zletzt gibt ers auf: Es hat koan Sinn!
Warum? – Weil i koa Rindviech bin.
A so a Fraß – mir waars ja gnua!
He Scheckl, was sagst du dazua?

Dees Scheckl, woaßt, dees war a Kaibl.
Dem hat er oft vom Brot a Scheibl
Zuakemma lassen hintenrum
Und sonst wars aa net gar so dumm.
Es hat eahm nämli allerwei
Gern zuagschaugt bei der Panscherei.
Jatz aber fangts zum Redn o',
Denn 's Kaibl hat as Mäu aufto'

Und fangt mit seiner Rindviechstimm
Ganz frei nach de Gebrüder Grimm
Zum Redn o', so wia unseroana:
»Mei Jakerl, was willst denn, Kloana?
Auf de Weis' gehst ja du kaputt.
Du kochst ja wia im Institut.
Du packst di Gschicht viel z' vegetarisch.
Da werst du freili langsam narrisch.
Denn mit an bloßen Distelbratn,
Mit Hollerkraut und Binsenfadn,
An Löwenzahn und an Bleamlstampf
Kimmst du net weit im Lebenskampf.
Du muaßt scho' nebnbei fleischln aa,
Sunst kriagst am End no' Cholera.« –
Der Jakl der is ganz perplex.
Is denn sei' Scheckl gar a Hex?
Doch auf amal da werd er munter:
»Jatz glaub i geht der Globus unter!
Wenn scho' die Viecher 's Redn ofanga,
Was soll man da von uns verlanga?
Ja Scheckl!« fragt der Jakl drauf,
»Du gibst mir direkt Rätsel auf.
Wo nimm denn i was anders her?
Wia moanst denn du dees ungefähr?« –
»Mein Gott, wie sag ichs meinem Kind?
I bin zwar bloß a Viech vom Rind
Und sag dirs, daß du 's wissen tuast
Und mi umsunst net fuattern muaßt,
Wenn i no' wachs zum Weiterlebn,
Kann i dir bloß a Milli gebn.
Doch wennst mi schlachst, dann sparst die Halm
Und hast halt no' a junge Kalbn.
Nimm doch mei' Fleisch, dann machst a Braat

Und druckst as in die Darm schö' stad,
An Majoran tuast drunter nei',
Viel Gwürz dazua – de Würst werdn fei';
Du ißt di' tappert dro' und kropfert
Und i bins erste Rindviech, dees sich opfert.«

Der Jakl seifzt: »Dees liegt mir fern.
Soll i vielleicht a Metzger werdn?
Friß weiter, Scheckl, und geh zua,
Dann werst amal a gscheite Kuah.
I bring koa Viech um – mir waars gnua.
Du woaßt as, daß i dees net tua!«

»Ja magst denn du von mir koa Lüngerl?
Koa Kalbsgulasch? Koa bachers Züngerl?
Soll i als alte Kuah verracka?
Mach dir nix draus und raam mi wegga!
A Kaibl is ja doch viel feiner
Und besser no' als wia dees Schweiner'.«

»I soll di umlegn? – Meiner Seel!
Dees tua i net, da fürcht i d' Höll!«

Da loahnt sich 's Scheckl an eahm hi'
Und sagt: »Es is net schad um mi!
Hau mir nur aufe aufn First,
I bring dir ja die feinsten Würst.
Es reut di net – de habn an Gout.
Jatz hör i 's Redn auf – Servus Muh!«

Der Jakl seufzt a Stoßgebetl
Und haut sei' Scheckl nauf am Schädl,
Nimmts aus und hat halt dees vollbracht,

Wias ungfähr heut der Metzger macht.
Bloß füllt er net so kurz die Darm.
In dera Güte wia mei' Arm
So is a jede Weißwurscht wordn,
Dann hat er s' zuagmacht hint und vorn,
Im Wasserkessel siadad gmacht
Und auf a große Platten bracht.
Er richt' sich langsam her zum Essen,
Vor lauter Woana hats 'hn gstößen.
Er macht die Augen zua – kanns net sehgn
A Griff, a Biß und na wars gschehgn.
Bald war die erste Wurst vergrabn
Im vegetarischen Jaklmagn.
»Mei!« sagt er, »de san fabelhaft!«
Dabei is eahm der Weißwurschtsaft
Wia so a kloana Kripperlbrunna
Grad übers Schmiesl owigrunna.

So um die Zeit rum liegt im Wald
Der Esau aufm Hinterhalt.
Denn der war Wilderer von Beruf,
Wozu ihn Gott zwar nicht erschuf.
I muaß a sagn zu seiner Schand:
Zum Jagern hat er koan Verstand.
Aufgstöbert hat er 's Wild und ghetzt,
Derschlagn und eingrabn z'guaterletzt.
Er hat net gwußt, der wilde Mo',
Daß mas als Wildbret essen ko!
Rehgwichteln, Hirschgweih hat er gsammelt,
An Haserer zuagschaugt, wenn er rammelt,
D' Oachkatzln gfangt, an Schwoaf abzwickt,
Mehr brauchst net wissen – das genügt.
Doch daß i richtig fort erzähl:

Der Esau hat – der haarig Gsell,
Der wilde Jagersbua, der grause –
Auf oamal gspannt die Weißwurschtpause
Und geht glei seiner Nasen nach
Auf d' Wiesn auße übern Bach.
Und wia er da an Jakl siehcht,
Da moant er mit an dumma Gsicht:
»Was oam nur da in d' Nasen kriacht?
Bist leicht dees du, der wo so riacht? –
Was hast denn da für lange Dinger,
Viel größer wia mei' Zeigefinger?
Ja da schau her! – De riachan so?
Du hast die War ja glei en gros.
San de zum essen? Tua oa her,
Bevor i ungeduldig wer'.«

»Naa«, sagt der Jakl und werd rot,
»Da brauch i z'erscht a Angebot.
Umsonst, mei' Liaba, is der Tod.« –
Der Esau moant: »So derfst net kemma!
I kunnt dir schließli aa alls nehma.« –
»'S Rezept hättst doch net, daß dus woaßt,
Probiers, dann siehgst, was Weißwurscht hoaßt!«
Der Esau schlingt glei oane owi,
»Du!« sagt er, »Jake, de san nobi!
Der ganze Hofa voll ghört mir.
Jatz sag nur glei, was d' kriagst dafür?«
»Nur langsam, weil i nachsinnier,
Was i grad braucha kunnt von dir?«
»Ja mach nur schnell – mir is nix z' guat!« –
»Wia waars denn mit der Erstgeburt?
Woaßt Bruada, dees sag i dir glei,
So Würscht wia de kriagst net allwei!« –

»Is guat«, sagt der, »schlag nur grad ei',
Geht alls in Ordnung, ghört scho' dei',
Du hast mei' ganze Erstgeburt,
An Fuchsschwanz und mein Jagerhuat.
Wennst aa die Vorgeburt iatz bist,
Deswegn gibts zwischen uns koan Zwist,
Mir habn ja doch dees gleiche Bluat,
Dann mach halt i die Nachgeburt.
Und weil di 's Vieh macht gar so scheu,
Pack i als Gschäft dei' Metzgerei,
Da bring i mi viel besser furt
Wia du mit deiner Erstgeburt!«

– – – –

Jatz sagts, hab i koa wahre Feder?
Um d' Weißwürscht reißt sich heut no' jeder.
So hat die Gschicht a Hand und Fuaß,
Denn für an Teller Linsenmuas
Gibt doch koa Mensch sei' Erbschaft wegga,
A Markl, sagt er, kost' mei' Stecka!
Wenn grad die Kellnerin gegenwärti
Und schreit in Saal nei': »D' Würscht san ferti!«
Weil dees koa Freudenbotschaft waar?
Im Handumdrahn san d' Schüsseln laar.
Probierts es – stellts mir zwoa Paar her,
Dann bin i stad und red nix mehr.
An Dämpfer kriagt ja wohl die Freud,
Weil mir die Kaibln tean so leid.
Für die – ich sags an dieser Stelle –
Da waar scho' lang a Denkmal fälli!

## 16. Das erste Fensterln
## oder
## Wia der Jakl auf der Loata an Himmel suacht

A jeder merkts ja scho' am Titel,
Was in dem Testamentskapitel
Heut für a Gschicht ausplaudert werd –
A ganz a wichtige – hast ghört!
Denn daß dees jeden interessiert,
Wer 's Fensterln bei uns eingeführt,
Woher der schöne Brauch is kemma? –
Dees werd ma wohl koam übel nehma.
Drum Leut, paßts auf und horchts auf mi',
Weil i die Wahrheit selber bi'.

Der Jakl – no' dees wißts ja eh' –
Der war dahoam vo' Tegernsee
Und hat an Bruadern ghabt, an zaachn,
Der haarig Esau, wer n'ahn kennt, den gaachn.
De zwoa habn sich net guat vertragn,
Warum? – Ma' soll's net weitersagn –

I glaub wohl zwengs der Erstgeburt.
Auf dees nauf is der Jakl furt
Und hat si' denkt: Mei' liaba Bruader!
Du kannst mi gern habn, damischs Luader!

Er nimmt sein' Wanderstecka her –
Dann is der Rucksack net so schwer –
Und walzt ganz frisch durch Wald und Flur,
So stangagrad auf Tutzing zua.
Dort hat der Laban gwohnt, von eahm a Vetter.
Der hat a Wirtshaus ghabt mit Fremdenbetter.
Na – und der Jakl hat scho' gwußt,
Der Vetter fallt eahm glei an d' Brust
Und d' Tante aa – de war net übel –
Sie hat oft Schmalz gschickt, zwoa, drei Kübel,
Und dann – dees hat er lang scho grocha –
A Töchterl habn s' mit tausend Wocha.
Mit der – host ghört – warum denn net?
Wenns neamad siehcht – i waar ja blöd.
Die alten zwoa werdn's net glei spanna –
So denkt er sich, der schlechte Planer.
Und wia er so dahi' sinniert –
Kaum spannt ers, daß ganz finster wird –,
Da steht er mitten in am Wald,
Wo net a oanzigs Liacht reifallt.
»Ja, dees is guat!« so moant der Jakl.
»Jatz steh i da mi'n Wanderpackl
Und kenn' mi hint' und vorn net aus!
Wia kimm i da bloß wieder naus?
Da is as beste, i bleib steh –
Im Finstern mag i net gern geh',
Morgn fruah, wenns Tag werd, freuts mi mehra,
Müad bin i aa – i flack mi hera!

Ganz zsammafressen werdn s' mi kaum –
Recht guate Nacht, ös Feichtenbaam!
Geh, Morpheus, leich ma deine Arm,
Damit i grüawi ruasseln ko'.
A so is recht – iatz schnarch i scho'!«
Ganz ohne Angst schlaft er getrost
Und sagelt an am Buacha-Ast.
A Nachtigall, grad über eahm,
Is so derschrocka von dem Lärm,
Daß s' glei aus ihrer Sitzfleischgassen
An Platzltrumpf hat rofalln lassen
Und grad am Jakl in d' Fassad
Als Ansichtskarten – dees war fad.
Der aber traamt grad unterm Baum
Den allerschönsten Geistertraum.
Direkt in Himmel siehcht er nei'.
Der glanzt vor lauter Heiligenschei'.
Und vor der Tür, da sitzt der Herr
Und um eahm rum sei' ganz Gescherr:
Die Cherubim und Seraphimer,
So sauber wia Frauenzimmer
Mit siebzehn, achtzehn, neunzehn Jahr,
Mit Bubiköpf und Schnecklhaar.
Und aufgstellt warn s' wia im Spalier
Vom Erdbodn bis zur Himmelstür.
Oa Engelreih, de war herenten,
Die ander Engelreih war drenten.
Es hat halt ausgschaut wia a Loata,
Noch obn zua schmal und unten broata
Und an der Spitz is unser Herrgott gsessen
In seiner ganzen Schöpfersgrößen.
Der hat zum Jakl also gredt:
»Du kannst as glaubn iatz oder net.

Ich bin der Herr des Himmels und der Erde.
An mi kann net der größt' Gelehrte,
Ja net der Kaiser one tupfa –
Da müaßt er scho zu mir rauf hupfa.
Dees aber bringt net oana ferte.
Und drum bin i der Herr des Himmels und der Erde!
Dir aber will i jetzt was weisen,
Damit du kannst in Himmel reisen
A so, daß du koan Flügel brauchst
Und daß d' dir aa koan Fuß verstauchst.
Da schaug dirs o', de Loata do!
Auf der kannst rauf und wieder no'!
Drum wannst amal a Glüstei gspürst,
So, daß die fühln mögst wia a Fürst
Und voller Glück und Seligkeit –
Wannst kosten willst de Himmelsfreud,
So wiast as niemals sollst bereun:
Dann Jakl, dann muaßt Loaterl steign! –
Was sagst iatz zu dem Angebot?
Dees überlegst dir – Pfüat di Gott!«

So nach a fünf Minuten kaum
Erwacht der Jackl von dem Traum.
Verwundert schaugt er umadum:
»Ja Saxndie, da gehts ja um?
I hab doch grad an Herrgott gsehng
Mit seiner Engelschar danebn? –
Ja – hast iatz sowas aa scho' gfunden?
De san glei samt der Stiagn verschwunden,
Da wo i naufsteign sollt – i Narr?
A so is recht – is iatz dees wahr?«
Dem Jakl geht der Traum net ei' –
Er suacht sein' Weg nach Tutzing nei',

Bohrt in der Nasen mit de Finger
Und hört dabei no' d' Engel singa.
Und allwei so dahi' spaziert,
Da hätt ers beinah überhört,
Wia oana »Grüaß di, Jakl!« plärrt.
»Wo schiabst denn du hi' mit dei'm Sackl?
Suachst leicht an Hasen wia a Dackl?
Du werst doch einkehrn bei deim Vetter,
Vorbeigeh'? – Dees waar no' dees netter!
Geh einer da und grüaß d' Frau Bas!
Für di da leidts an guaten Fraß
Und müad werst aa sei' – hock di' hi'!
Du kennst doch unser Sympathie
Und woaßt, bei uns werst nett empfanga,
Siehgst – da kimmts Deandl aa scho' ganga!«

Der Jakl – mei' der war ganz weg,
Vom Töchterl moan i, von dem Schneck.
Drum werds a jeder schnell begreifa,
Daß er halt in sei'm großen Eifer
Nur bloß für sie as Augnmerk hat,
Er geht ihr nimmer von der Naht.
Dees hat an Laban stutzat gmacht
Und wia ma geht – wünscht »Guate Nacht!«,
Da sagt er hoamli zu sei'm Deandl:
»Heut leucht der Mond mit seine Sterndl
Und hoaß is drauß, dann is der Jakl do,
Drum schlafst ma du heut anderswo.
Statt drunten in der drobern Stubn,
I drah an Schlüssel zwoamal um!
Net widerredn – a so muaß gschehgn,
Vui besser vor- als nachegsehng!«
Die Nacht bricht rei', der Mond scheint hell.

Im Haus da schlaft a jede Seel
Bis aufn Jakl, der is munter,
Sei' Herz, dees glimmt als wia a Zunder.
Es leidt 'hn net in seiner Klappen,
Aufsteht er mit der Zipfelkappen,
Und specht von drauß die Fenster o,
Ob net a Zoacha irgendwo
Eahm z' wissen gaab, wo 's Deandl is.
Vielleicht, daß er an Schattenriß
Von ihr am Fenster kunnt derschaugn –
Schier falln eahm aus'm Kopf die Augn –
Halt stad! Dort rührt si' was am Fenster!
San hoffentlich wohl koane Gspenster?
Der Vorhang schiabt si' langsam weg
Und hinter dem stehts im Versteck
Und schaugt an Jakl hoamli o' –
Ganz aufgregt is der Jakl scho' –,
Denn iatzat hat s' an Finger ghebt
Und allwei hin und her bewegt.
Obs grad a so war oder so,
Mei' Gott, ma täuscht si' hie und do.
Der Jakl denkt, der schlaue Junker:
I täusch mi net, de hat mir gwunka!
Es war a Gstalt im Deandlhemd –
Sie wars – er hats glei wieder kennt.
Da muaß i nauf iatz, kosts was wui',
Wia aber kimm i denn ans Zui'?
I kann ja bei der Tür net nei'? –
Da fallt eahm ebbas brüahwarm ei',
Und zwar der Traum von gestern nacht,
Da wo der Herrgott zu eahm gsagt:
Ja wennst amal a Glüstei gspürst,
So, daß di fühln mögst wia a Fürst

Und wiast as niamals sollst bereun,
Dann, Jakl, dann muaßt Loaterl steign!

Jatz woaß i, was der Traum bedeut!
Ja Herrgott, is der Herrgott gscheit!
Dees laß i mir net zwoamal sogn –
A Loater her – iatz werds verwogn!
Und auf den Spruch folgt glei die Tat,
Sei' Liab de steigt auf neunzig Grad.
Und weil sei' Liab steigt, steigt er aa.
Wia wanns a Himmelsloata waa',
So legt er zruck a jede Sprossen
Per Hinter- und per Vorderflossen.
Und drobn beim Fenster summt er stad
Als erster Fensterlkandidat:
»Liabs Maderl, geh mach auf,
I wart scho' so lang drauf.
A oanzigs Busserl möcht i nur
Und dann laß i dir no koa Ruah!
Geh weiter, laß mi nei',
Sunst brich i pfeigrad ei'!«

Was dann is gschehgn – du liaba Welt!
Der Schluß davo' is glei erzählt.
Dees Maderl macht natürli auf –
Es wart' ja eigentlich aa scho' drauf.
Der Jakl, der steigt nei',
Der Mond scheint hinterdrei'
Und lacht mi'n ganzen Gsicht
Zwengs dera erstn Fensterlgschicht.

So wars! – Mehr kann i euch net sogn,
Scho' weil s' an Vorhang zuawezogn.

Dees oane aber wiß ma doch ganz gwiß,
Daß unser Jakl wia im Himmel is
Und daß der ganze Fensterlsport
Entstammet aus dem Gotteswort:
Drum wannst amal a Glüstei gspürst,
So daß di fühln mögst wia a Fürst,
Und wiast as niemals sollst bereun,
Ja, Buama, dann müaßts Loaterl steign!

## 17. Der Hüatabua-Sepperl
## oder
## Wia der Josef aufs Traumdeuten kemma is

Der Jakl von der Bibelgschicht
Hat Buabn ghabt – Stuckara zwölfe.
Der oane is der Josef gwen,
Die andern warn no' elfe.

Der Levi, Dan und Simeon,
So habn a paar no' ghoaßen,
Und Issachar und Zabulon,
Da fallst ja glei in d' Froasn.

Den Josef hat der Jakob mögn
Und gern ghabt wia koan zwoaten,
Drum hat er 'hn lassen fei' und schö'
Vor alle andern kloadn.

A blaue Hosen hat er kriagt
Mit lilagelbe Streifen,

An Janker, paperlgrea' kariert,
Mit scharlachrote Schleifen.

An Mantel – mit viel Fransen rum
Aus Winterfensterleder,
Am Kopf an schwarzweißroten Huat
Mit Spielhahngockelfeder.

So war der Sepperl beianand
Als wia scho' bal' a Kini.
Hätt höchstens braucht no' zum Regiern
A bissel mehr Routine.

Jeds Maderl war in eahm vergafft,
Doch er war ohne Sünden.
A so an Mustertugendbuabn
Werst net leicht wieder finden.

Die Brüader warn auf eahm ganz wuid,
Damals warn d' Leut net gscheiter,
Wenn oana halt an Vorzug hat,
Hat er aa seine Neider.

In seiner Unschuld hat der Sepp
Dees gar net so empfunden,
Daß seine Brüader bissi san
Und ganz verschlagne Kunden.

Drum hat er eahna ohne Arg
An Traum erzählt von gestern.
»Was i euch jetzat sag – paßts auf! –
Ihr werds mi net glei lästern.

Mir habn mitnand Kornmandl gmacht,
Am Feld drauß san ma gwesen.
I hab die schönsten zsammabracht,
Die euern warn wia Besen.

Und in der Mitt' ganz kerzngrad
San meine Mandeln gstanden.
De wo von euch jeds bunden hat
Warn schwach und kaum vorhanden.«

»Geh tua fei' du net gar so gschwolln!«
Habn s' gschrian von alle Seiten,
»Daß mir uns vor dir buckeln solln?
Soll dees der Traum bedeuten?
Was hat denn di so spinnat gmacht,
Du Lausbua, du verdammter!
A so schaugst aus mit deiner Tracht,
Hanskasperl überspannter!
Verroll di und geh hoam, du Depp!
Verzapf di zu der Muatta!
Und laß dir no' an Dützel gebn
Mit Milliflaschlfuatta.
Am besten is's, mir schlagn ahn glei
Den Pimperlmo', den blöden.« –
Der Seppi war ganz stad dabei,
Trotz ihrer bösen Reden.

Im Gegenteil – a paar Tag drauf
Erzählt er eahna wieder:
Da war eahm grad a so im Traum,
Als steigert d' Sunna nieder.
Der Mond und d' Stern – a Stuckara elf,
San aa mit owakemma,

Und waarn bald nimmer ferti wordn
Mit lauter Huatabnehma.
Grad Reverenzen hätten s' gmacht
Und sozusagn an Diener.
Sie habn ahn glei zum Vatern bracht:
»Da horch amal den Spinna!«

Und wia den Traum der Vater hört,
Sagt der: »Tua fei' net dichten!
Was du dir zsammdenkst, is verkehrt,
Auf dees muaßt scho' verzichten.
Der Mond und d' Sunna und elf Stern
Waarn owagstiegn vom Himmel
Und hä'n sich niederbeugt vor dir? –
I glaub, du hast an Fimmel.

Denn wenn i recht den Traum versteh',
Bin i der Mond – dei' Muatta d' Sunna
Und deine Brüada san die Stern –
Dees is a bissel gspunna.

Von deine Eltern derfst doch du
Net sowas glei verlanga,
Daß i dir so alls gib und tu,
I moan, dees kunnt doch glanga.

Drum Sepperl, sei recht zfriedn und stad
Und laß di net verleiten,
Sunst werst im Kopf no' ganz verdraht,
Dees kann nix guats bedeuten.«

Ganz hoamli aber denkt sich doch
Der alte Jakl-Vater,

Der Traum muaß a Bedeutung habn
Und nutzt er net, dann schadt er.

Es is koa Traum, wias recht viel gibt,
Mir gfallt er aa net ohne.
Wahrscheinli werd er amal beliebt
Und no' a Pfundskanone.
Im Sport hat er zwar net viel drauf –
Dees Geistige liegt eahm näher,
Alls derf er werdn im Lebenslauf,
Nur bloß koa Pharisäer.
Professor, Meister im Konzert,
Vielleicht is dees no' z' wenig.
I glaub bald eher, daß er werd
A altägyptischer König.
Ja sowas ähnlichs werd er gwiß,
Er hats ja mi'm Regiern.
Und so a Szepter wenns scho' is,
Dees kunnt er dirigiern.
Na ja – wias kimmt, a so is bstimmt –
Es werd sich scho' was schicken.
Wo er halt 's Königreich hernimmt
Bei so viel Republiken?
Er brauchat halt a Monarchie,
So wies der Traum verheißen,
Drum, liaba Herrgott, laß 'hn hi' –
Er werd die Gschicht scho' schmeißen!

## 18. Der verschacherte Josef
## oder
## Wia die Brüader mit 'm Sepp umganga san

I schreib die Gschicht vom Testament.
Dees woaß a jeder, der mi kennt.
Und was net zsammpaßt – in Gottsnam',
Dees reim i mir dann selber zsamm.
A jeds kann schimpfa oder lacha
Und sich sein Vers drauf selber macha.
Drum schreib i nieder, weils mi freut,
A ganz a neus Kapitel heut.
Und zwar vom Sepp, dem Sohn des Jakl
Und seine Brüader – dees warn Lackl.
De habn ahn nimmer riacha könna.
Wahrscheinlich, weil der Josef schöna,
Anständiger und braver war,
Als wia die ganze Bruaderschar.
Seitdem er seine Träum erzählt,
Wo er sich über eahna stellt,

Da wars ja ganz aus bei der Bruat.
Ma hat scho' gmerkt, dees tuat koa guat.
Im allgemeinen warn s' ja Niaten.
Wia s' wieder warn amal beim Hüaten,
Da schickt der Jakob hochbetagt
An Sepperl, daß er 's Essen tragt.
Und wia er kimmt die Brüader z'geg'n –
De habn ahn scho' von weiten gsehng –,
Da sagt der Älteste zu de andern:
»Schaugts hi' – da siecht ma 'hn wieder wandern.
Wia unseroans kann der net geh',
Der traamt und schlaft ja scho' im Steh'.
Ma moant scho' grad er war amal
A königlicher Hofmarschall
Und hätt verschluckt an Kleiderbügel.
Den hats – da gib i Briaf und Siegel.
Wia i mi auf den aufe kniagel –
Heut haun ma 'hn recht, heut kriagt der Schmirgel!
Dann schmeiß ma 'hn eine in a Gruaberl,
Na kann er schrein, dees Brunnabuaberl.
Auf d' Seiten muaß er, dees is gwiß –
I ko 's net oschaugn mehr, dees Gfrieß.
Im größten Loch, dees wo ma finden,
Da laß ma 'hn boazen und verschwinden.« –
»Jawohl, dees tean ma«, so habn s' gschrian,
Bloß oana der wollt protestiern.
Der Ruben wars und der hat gsagt:
»Hat euch iatz gar der Teufel packt?
Er is doch schließlich unser Bruader!« –
»Halt du dei' Mäu, du damischs Luada!
Wennst no' was sagst, fliagst aa mit nei',
Dann braucht er net alloane sei'!«

Und wirkli, wia der Seppei kemma,
Tean s' eahm zuvor an Freßkorb nehma
Und nachher habn s' 'hn glei zu zehnt
Der Reih nach gwatscht, damit ers gwöhnt.
Habn eahm die Tracht vom Leib ro'grissen
Und nackert in an Brunna gschmissen.
Auf dees nauf habn s' recht dreckert glacht,
Sich zsammgsetzt und guat Brotzeit gmacht.

Der Ruben hat zum Glück no' gsehn,
Daß doch koa Wasser drin is gwen.
Er hat sich net zu eahna ghockt,
Sie sollns nur spanna, daß er bockt,
Bevor sich net sei' Ärger legt,
Hätt eahm ja doch koa Essen gschmeckt.
Wegganga is er, hat sich bsunna:
Wia bring i 'hn wieder aus 'm Brunna?
Wenns finster is, dann tua i 'hn raus,
So denkt er sich die Rettung aus.

Derweil da kimmt von ungefähr
A kloane Karawane her
Mit Tragkamel und Elefanten,
Aufpackelt als wia Emigranten.
Es warn oa von Judäa drent,
Dees hast am ersten Blick scho' kennt.
Wia dee die Brüader habn derspecht,
Da sagt der oa, der bsonders schlecht,
Der Juda wars, soviel 'mi no'
An d' Biblisch Gschicht erinnern ko':
»Wißts, Brüader, was ma iatzat tean?
Mir gebn an Seppl dene Herrn!
Verkitschen tean ma 'hn, dees i's best',

Dann kriagn ma was für eahn, verstehst?
Mei'm Gfühl nach san dees Sklavenhandler.« –
»Und i moan eher Madeltandler!«
So mischt sich no' an anderer drei'.
»Und wenns so is, dees kann ja sei'.
Der schaugt ja wia a Weibats aus.
Hopp, ziahgts 'hn aus 'm Brunna raus,
Hängst eahm sei' Trachtenmanterl um.
Wenns aufkimmt, stelln ma uns halt dumm,
Sagts: unsere Schwester Josefine
Is er – denkts doch an die Gwinne.
Und außerdem – des Gschäft, dees lauft,
Buabn werdn für sowas aa gern kauft.
Dahoam da mach ma uns koa' Gwissen
Und sagn: A Tiger hat 'hn zrissen.«

Wias sies beredt habn, habn sies gmacht:
An Sepp habn s' rauszogn aus 'm Schacht,
Obwohl er gwoant hat so und gflennt –
die Brüader habn koa Mitleid kennt.
Bloß gsagt habn s', weil er so verschwolln,
»Mir hätt'n ahn net so watschen solln!
Jatz siehcht er nimmer soviel gleich. –
Den nimmt koa Sultan und koa Scheich!« –
»Du hast z'erscht gsagt, mir solln ahn striegeln.«
Grad wollten sie sich selber prügeln,
Da hört ma oan das Wort ergreifen:
»Nanu? – Was habn Sie zu verkäufen?« –
Doch weil der Herr so schnell net kauft,
Habn s' lang no' ghandelt drum und grauft.
»Gerechter Gott! Mit soviel Geld,
Da kauf ich ja die halbe Welt.
A Jungfrau, sagn Se, soll dees sei?

Ich wollt, es wär a fettes Schwein.
Ob ohne Unschuld oder mit –
Für mich is d' Hauptsach der Profit.
Jetzt nehmen Se noch fünfe weg
Und packen Se mer ein, den Dreck.«

Wia später is der Ruben kemma
Und wollt an Sepp in Schutzhaft nehma,
Is grad die Karawane furt.
»Euch kann ma lassen! Ihr seids guat!
Ihr seids ja direkt Menschenschiaba!
Da werd der Vater schaugn, mei' Liaba.
Und d' Muatta erst, de woant sich z' tot.
Wia hoch war eigentlich 's Angebot?
Was habts denn nachher kriagt für eahn,
Dees möcht i doch scho' wissen gern.« –
»Dreißg Silbertaler, wer was kennt,
Grad teiln ma uns dees Geld zu zehnt.
Ko' sei, wennst du dahoam mitlüagst,
Daß d' no' a weng a Trinkgeld kriagst.
Doch wehe dir, wennst uns verkaufst,
Dann fliagst in Brunna, wo'st dersaufst!« –
Und Ruben nimmt dees Schweigegeld –
Ja ja, mir habn a schlechte Welt!

## 19. Der Josef und die Putiphar oder Wia der Sepp sein Mantel verlorn hat

De Gschicht, de is fei' delikat,
Und gscheiter waars scho' bal', i taat
Von dera Sach gar nix berichten.
Doch hört ma halt gern solche Gschichten,
Und manche könnas ganz guat hörn,
Wenn andre Leut recht durchzogn wer'n.
Es war amal – so steht da gschriebn,
Da drunten bei Ägypten drübn
A Weiberleut mit lange Haar,
Und zwar die Frau vom Putiphar,
Der die rechte Hand vom König war
Mit eigener Bedientenschar.
Der hat amal an Diener braucht,
Der seine Zigarrn net mitraucht.
Na also guat – er schaugt da glei
In so a Sklaventandlerei,
Und weil der Sepp grad ausgstellt war,

Da hat er ’hn gnomma, dees is klar.
Es is eahm weiters net schlecht ganga,
Er hat an guatn Platz derfanga.
Sei’ Herr der war recht nett zu eahm
Und garbat hat der Sepp ganz gern,
Hat sich nix z’schulden kemma lassen,
Und sowas muaß an Herrn doch passen.
Guats Essen hat er kriagt vor allm,
Wia gsagt, es hätt eahm ganz guat gfalln,
Wenn net die Frau vom Putiphar
Eahm allerweil so nachgstiegn waar.

Du, de war odraht, der war wief,
De wollt an Josef positiv
In ihren Wigwam nei’ verziahgn,
So wia ma sagt halt – umakriagn.
Grad nötig hat sies ghabt und emsi,
Ja, mei’ Gott, war dees Weiberts bremsi,
Sie war ja schö’ – da gibts koan Zweifel,
Woaßt –, aber hitze wia der Teufel.
Auf alle möglichen Schlich is s’ kemma,
Sie wollt eahm pfeigrad d’ Unschuld nehma.
Jedoch der Sepperl – alle Ehr –
Der gibt sich net zu so was her,
Drum war die ganze Schmeichelkunst
Der Putipharin glatt umsunst.
Mei’, weil sich de net g’ärgert hat.
Glei schimpft hat s’ oft: »Jatz hab i’s satt!
Wia kann ma denn als junger Mo’
So zwider sei’ und gschaamig to’?«

Und grad weil er so schamhaft gspreizt war,
Is sie erst scharf wordn drauf und reizbar.

Hat 's Schö'toa no' viel ärger triebn,
So daß an Sepp is hoaß aufgstiegn.
Jedoch – Respekt! – Er laßt net aus –
Aus jedem Knopfloch schaugt eahm d' Unschuld raus.

Er halt sich an sei' Tradition,
Als wüßt er nix von Minnelohn,
Den sogenannten süßen Freuden,
Er kann dees Weib auch gar nicht leiden.
Er tuat, als gang eahm alls nix o',
Und dann – er hats aa no' nia to'.
Er woaß net, wia ma da verkehrt,
Ihn hat ja niemand aufgeklärt.
Drum sagt er kalt: »Hör auf de Pflanz!
I mag dees net! Mach koane Tanz!
I bleib – sofern i mi net täusch –
Für immerdar recht fromm und keusch.
Und überhaupts, wennst so was willst,
Hast ja an Mo', mit dem wo'st spielst.
Drum sag i »Servus du!« und geh,
Recht guate Nacht, du scharfe Fee!«

Grad wollt er auße bei der Tür,
Derweil schiabt sie an Riegel vür.
Und hat 'hn mit de Arm umfanga,
Da waar eahm beinah d' Luft ausganga.
»Na wart, du eisigkalter Rußl,
Jatz kriagst von mir a saftigs Bussel!
So nimm mich doch, du liaba Bua –
I woaß ja nimmer was i tua!
Du Süßer du, ach, Josef, hör!
Du merkst doch, wie ich dich begehr!

Du bist in meiner Kemenate,
Entfern mit mir doch die Blockade.«
Sie hebt das Kleid schon bis zur Wade –
Der Sepp bleibt nüchtern, kühl und fade.
Er sagt bloß kurz und werd ganz rot:
»Ich dank schön für das Angebot!« –
Da packt 'hn sie am Paletot
Und will eahm den ganz kurzerhand
Vom Leib ro'ziahgn mitsamt'n Gwand.
Der Sepp, dees gspannt, macht glei an Ruck,
Laßt liaba no' sein' Mantel zruck
Und hupft zum Fenster auße glei
Direkt auf einen Hoflakai.

Jatz war natürli d' Gaudi ferti.
Der hat so plärrt, der Aff, der gscherte,
Daß alls glei zsammaglaufa is
Und sie erscheint im Fensterfries,
Schreit »Feuer! Hilfe!« wia net gscheit,
»A so a Niederträchtigkeit!«
Zu ihrem Mo' sagts, wie er kemma:
»Ja laß nur glei den Stier festnehma.
Denn woaßt, es is ja nicht zum glaubn,
Was der sich wollt bei mir erlaubn.
Wenn i um Hilf net gschrian a so hätt,
I glaub, daß der mir ebbas to hätt,
Ach, Putiphar, mir war so bang –
Wo bleibst denn aber aa so lang?«
Der Putiphar, wia der dös hört,
Hat selbstverständlich aufbegehrt.
Die Nachricht war ja kaum zu fassen –
Er wollt an Sepp glei vierteiln lassen.
Z'letzt hat er eahm doch wieder greut,

Bloß eingsperrt hat er 'hn, aber gscheit.
Im Zuchthaus sitzt bei Brot und Wasser
Der arme Sepp, werd allwei blasser,
Und alls zwengs dera Putiphar,
Weil halt der Sepp ein Jüngling war.

## 20. Der Statthalter Josef
## oder
## Wia der Sepp auf d' Höh kemma is

Hat oana dees leicht scho' vergessen,
Wia er, der Sepp, im Zuchthaus gsessen,
Weil ihn die Putiphar verklagt hat?
Nix gscheits wars net, was de alls gsagt hat.
Jatz sitzt der Sepp zwengs dera Schix
Für nix und für wieder nix.
Na, Gott sei Dank, der Kerkermoasta,
A recht a dicker, recht a foasta,
Der hat an Josef recht gern mögn,
Drum is eahm weiter so nix gschehgn.
Er hat eahm sogar anvertraut,
Daß er auf alle andern schaut,
Und mit de Junga wia die Alten
Hat er sich recht guat unterhalten.
Gesellschaftsspiele habn s' oft gmacht,
Aa Witz erzählt und gscherzt und glacht.

Und dann habn s' manchmal Rätsel glöst.
De hat der Sepp, hast ghört, verstehst,
Als erster alle außerbracht.
Und gar, wenn oana bei der Nacht
An Traum hat ghabt und eahm verzählt –
Ja mei', da hat si' gar nix gfehlt,
Den hat er ausglegt, draht und deut',
Daß s' gsagt habn: Ja, der Sepp is gscheit!
Hellseher is er direkt gwen,
Dees hat ma an am Beispiel gsehn.
Der Mundschenk und der Hofbäck san
Nei'kemma mit ins Strafprogramm,
Weil s', scheints, an König bschissn habn,
In oana Zelln drin hocka s' zsamm.
All zwoa habn s' gmoant: a kloana Staucha
Hätt glangt, er hätt s' net ei'sperrn braucha.
Amal is jeder in der Nacht
Von einem kurzen Traum erwacht
Und da habn s' glei an Josef gholt,
Damit er 'hn eahna deuten sollt.
Der Mundschenk sagt zuerst sein Fall:
»I hab drei Weintrauben im Pokal
Der Majestät zum Trinken gebn!« –
»Du wirst sehr bald in Freiheit lebn!
Drei Tag no', dann bist wieder frei
Und du lebst so wie einst im Mai.
Trinkgeld verlang i net deswegn,
Doch sollst für mi a Wort ei'legn,
Weil s' mi verschleppt und weil i sitz
Als großer Irrtum der Justiz.«
Jatz war der Hofbäck an der Reih:
»Drei Körb voll mit viel Bäckerei
Hab i am Kopf zum König tragn,

Doch muaß i dir dazu no' sagn:
Den Inhalt habn mir unterdessen
Kohlschwarze Vögel außergfressen.« –
»Du Armer, dees bedeut nix gscheits –
Am dritten Tag, da hängst bereits!« –
Und so is kemma – ganz genau:
Der Mundschenk kimmt zum Königsbau,
Der Hofbäck zu der Leichenschau.

Dees hat sich rumgredt bald im Gau.
Und wia der König von Ägypten
Was traamt hat – net von der Geliebten –
Na na, dees war a bsonderer Traum
Und schwer zum Ausanandaklaubn.
Fast alle Weisen hat er gfragt
Und koana hats eahm schö' gnua gsagt.
Die Gscheitsten hat er kemma lassen
Und gwußt habns bloß an Staub, an nassen.
Bis eahm der Mundschenk hat was gflüstert,
Daß dees ganz gwiß der Josef wüßtert.
Der hätt bis jetzt no alls derratn.
Den wenn ma fragert, kunnts net schadn.
»Ja Herrschaft«, schreit der König glei,
»Wo is er denn?« – »Er is net frei!« –
»Was hoaßt net frei?« – »Ja – eigsperrt is er!« –
»Was? Eigsperrt? – Herr Justizminister!
Glei auf der Stell schaugst, daß er kimmt
Und mir die Zweifel wegganimmt!« –
Wia die Beamten da drauf gschobn san
Und froh warn, daß an Kopf no' drobn habn.
Ma' is glei nei' zu eahm ins Zuchthaus
Und hat 'hn schier mit aller Wucht raus.
Dann habn s' 'hn gwaschen und rasiert

Und neu gekleidet vorgeführt
In einer königlichen Schale,
Daß er dem König wohlgefalle.
Der hat 'hn gar net stillsteh' lassen.
»Kannst du mei' Horoskop abfassen?
Bist du der Sepp, von dem man sagt,
Daß er all's ausdeut, wenn ma' 'hn fragt?« –
»Ja, Majestät, es kimmt drauf o',
Erzähl amal, i sag dirs scho'!« –
»Mir wars« – so sagt der König drauf –
»Koa Angst, i halt di net lang auf –
Als wann i sitzat ganz alloa
Am Nilflußufer, so am Roa',
Und hab da meine Krokodui –
Von dene hab i ziemli vui –
A Fuatta gebn – und wia i lus
Und schaug a so, steign aus 'm Fluß
Siebn gscheckerte und foaste Küah,
Net so, daß d' moanst, de warn beim Stier.
I schaug de Küah a Zeitlang o',
Da plötzli hats an Platscherer to'
Und aus 'm Nilfluß kemman wieder
Siebn schwarze Küah mit magere Glieder,
Und dee warn glei so steckerldürr,
Daß s' klappert habn und frag net wia.
Ganz narrisch muaß de ghungert habn,
Drum packa s' glei die foasten zsamm
Und fressen s' auf mit Haut und Haar,
Daß net a Zizerl übrig war.
Du woaßt doch aa als Realist,
Daß sonst koa Kuah a Rindfleisch frißt.
Gmoant hab i direkt, i hör s' schreia
Und aufgschreckt bin i wia beim Feuer.

Da kimmst natürli aus ’m Schlaf.
I leg mi wieder hi’ schö brav
Und ruassel weiter – glaubst as kaum:
Träum i scho’ wieder so an Traum.
Woazbüschel hab i siebne gsehgn,
San fette Körner drinna gwen.
Da – aus de Halm von dene Ährn
Siehch i danebn no’ dürre wer’n
Und de habn grad so wia die Küah
Die guatn weggschluckt ohne Müah.
Siebn nackte Büschel warn no’ do,
Koa Körndl mehr – bloß ’s laare Stroh.
I woaß was von der Landwirtschaft,
Dees is doch direkt rätselhaft.
Jatz sag – du ghörst doch zu de Gscheiten,
Kannst du mir de zwoa Träum ausdeuten?«

»Herr König«, sagt der Josef drauf,
»Der Herrgott kennt an Weltenlauf
Und der woaß alles und mir nix,
Doch sagt ers dir durch mi ganz fix:
Die foasten Küah und fetten Ährn,
Dees werdn siebn guate Jahrln wer’n.
Die andern magern vierzehn Stück
De bringa ’s Gegenteil vom Glück.
Da gibts a Hungersnot, a schware,
Und Maagn gibts, krachate und laare.
Da kimmt aa dann a Inflation,
So wias die Deutschen später hobn.
Dei’ Geld gilt nix mehr, daß da’s woaßt
Und d’ Leut werdn mager anstatt foast.
Wennst no’ was toa willst schnell dagegn,
Dann laß nur glei was richtigs gschehgn,

Stell dir oan auf, der alls bewacht,
Und Vorratskammern baut und macht,
Der wo den ganzen Überfluß
Auf d' Seiten raamt als Überschuß,
Daß, wenn die schlechten Jahrln kemma,
Die Volksleut ihren Anteil nehma.
Auf de Weis' schiabst an Riegel vor
Und d' Not kimmt dir net rei' zum Tor.«

Der König sagt: »I sag dirs offen!
Mir scheint, du hast dees Rechte troffen.
Dees leucht ma ei' – dees is a Gruaß,
Wia i mei' Szepter halten muaß.
Und wias d' as gsagt hast, so werds gmacht:
Der ganz Konsum werd überwacht!
Die starken Fresser in mei'm Land,
De werdn zur Gschäftsaufsicht verbannt.
Wenn a die Maagn a weng verrosten –
Du aber kriagst den ersten Posten.
Was du sagst, gilt – dees werd erledigt!
Und morgn haltst glei dei' erste Predigt
Von dera kommenden Hungersnot,
I laß di rumfahrn in der Stodt
Und leih dir no' mei Königs-Chaisen
Was d' brauchst, dees geht auf meine Spesen.
Damit s' di überall estimiern,
Soll di der Hofmarschall rumführn.«
Die Hofleut, wo de zwoa umringa,
Habns ghört – er nimmt sein' Ring vom Finger
Und steckt 'hn glei an Josef o',
Damit er richtig ogebn ko',
Sobald eahm grad wer widersteht
Zwengs seiner K. Autorität.

Am andern Tag – dees war a Fest,
Ein Manifest, hast ghört, verstehst.
Acht Bleamlschmeißer vorn und hint
Und dann a Hofnarr, der wo spinnt.
So fuchzehn Neger, bal' s' nur glanga,
Mit Windzuawachler an de Stanga.
Trompetenblaser, Trommelschlager,
Hofpagen, Jungfrauen, Sänftentrager.
Vier Herold – jeder auf an Schimmel,
De tragn an überspannten Himmel
Und ruafa aus ganz freudig hell:
»Dees is der Sepp von Bayrischzell,
Den über euch der König gstellt
Als Retter von der ganzen Welt.
Er hat im Land iatz alles Recht
Und wer net folgt, dem gehts fei' schlecht.
Der kann sogar glei hingricht wer'n –
Ein Hurra Hoch dem Landesherrn!«

Das ganze Volk hat sich verbeugt
Und unser Sepp hat sich verneigt.
Beim Volk Respekt – beim Sepp die Milde!
»Heil Josef!« schreit die ganze Gilde.

Da plötzli kriagt sei' Herz an Stößer
Und seine Augn werdn scharf und größer,
Denn vis-à-vis auf dem Balkon,
Da siehcht er eine Weibsperson.
De tuat ja gar net ehrfurchtsbar?
Is des net sie – die Putiphar?
Ja freili! Musi blas an Tusch!
Si is scho' aa, die gaache Lusch!
Zwengs dera, wo i so lang gsessen!

Soll i dees auf amal vergessen?
Heda! – Vier Mann abkommandiert
Und glei zu mir her transportiert!
Die Putiphar hat net viel gschaugt,
Dees Mitziahgn hat ihr gar net taugt
Und wia s' an Josef hat derkennt,
Is ihr der Angstschwoaß owigrennt.
Sie wuiselt eahm zwar glei was vor,
Doch hat der Sepp für dees koa Ohr.
»Tua stad sei«, sagt er, »nur net greina!
Woaßt was i gspürt hab zwega deiner,
Wias d' mi ins Gfängnis nei' empfohln hast
Und no' dazua mein Mantel gstohln hast?
Na na, mei' Liabe, dees ghört gstraft.
Du kriagst dafür a Liebeshaft!
Es paßt iatz grad so wunderbar
In dene fetten guaten Jahr,
Da gibts koa Not net in der Nahrung
Und weil da d' Liab gemäß Erfahrung
Hat allwei Hoch- und Maibetrieb,
Werd dees für di a gsunder Hieb,
Wennst drinna hockst in deiner Zelln.
Es soll dir weiter gar nix fehln.
Du kriagst a Kerkerboudoir,
Daß dir a Hofdam' neidi waar.
Du brauchst nix toa an ganzen Tag
Und hast koa Müah net und koa Plag.
Kriagst alles, was dein Herz begehrt –
Halt stad – dees is dir streng verwehrt.
Du werst ja spanna, was i moa,
Die ganze Zeit bleibst du alloa.
Und wenn die Zeit zum Schlafa kimmt,
Dann merkst as scho', daß was net stimmt.

Da brandelt dann a Sehnsuchtsgfuih
Nach so am gwissen Liebesgspui.
Denn jeder Mensch, ob Mann ob Weib,
Suacht 's Gegenteil fürn Zeitvertreib.
Und findt ers net, dann werd er hoaß!
(Weil i dees von mir selber woaß!)
Scho' wer di siehcht und wer di kennt,
Der spannt ja glei dei' Temperament
Und woaß, für die is doppelt hart
A so a Klosterlebensart.
Dei' Mo' braucht zwega dir net fluacha,
Der werd' si glei a andere suacha,
Wenn i eahm sag, wia alles war,
So stehts um di, Frau Putiphar!
Und daß d' ganz gwiß nix hast zum Lacha,
Will i die Buaß no' schwarer macha.
Den schönsten Jüngling von Ägypten,
An saubern und an vielgeliebten,
Den wer' i extra bstelln zu dir,
Damit er all Tag für und für
Bloß nei'schaugn soll zu dir – durchs Gitter –
Mei' Liabe du, de Zeit werd bitter.
Siebn fette Jahrln als Solistin!
Da moan i allerweil, du bist in
Der nächsten Zeit vor Liebesgram
Recht gräusli, wüast und alls mitsamm.
Wenn dann die dürre Zeit tuat kemma,
Dann kannst mein'twegn dein' Urlaub nehma.
Dann werd um di wohl nimmer gfreit,
Und du bist hergschenkt, schöne Maid!

Siehgst, so gehts jeder, holdes Kind,
De wo an Sepp sein' Mantel nimmt!«

## 21. Der geduldige Job
## oder
## Was der Mensch alles aushalten ko'

Leut gibts da scho' auf dera Welt.
De wann a Haus habn, Sach und Geld
Schier nach de Milliona bal'
Und kaufa könna nach der Wahl
Und gsund san wia a Vollblutrenna –
No' allerweil net zfrieden sei' könna.
Grad ruacha tean s' und zsammascharrn,
Und könna nix fürs Jenseits sparn.
Für viele Menschen unsrer Zeit,
Da hoaßt dees neue Sprichwort heut:
Bescheidenheit is wohl a Zier,
Doch weiter kimmt ma – ohne ihr.
Da woaß i no' an Mustermo',
Nach dem wann oana nache ko',
Der hätt an besten Teil erwählt.
Scho' in der Bibel werds erzählt.

Es war das ein gewisser Job,
Der wo verdeant dees schöne Lob.
Na iatzat horchts amal schö' auf,
Dann sag i euch den Lebenslauf
Vom Dulder Job. Wias dem is ganga.
Mei' Liaba, da taat jeder glanga.
Wia dem as Schicksal zuagsetzt hot –
Und trotzdem hat er net an Gott
Verzweifelt. Gibts net! Ausgeschlossen!
Obwohl er ihn schier ganz verstoßen.
Oganga san de Schicksalsstößer
Wia er no' glebt hat in de Schlösser
Und angsehgn war bei alle Leut,
Fast alls hat eahm ghört, weit und breit.
Er hat a Frau ghabt und viele Kinder,
An Sommersitz und oan fürn Winter,
Siebn Buabn dabei als festen Stamm,
Aa seine Deandln warn recht stramm.
A Molkerei mit Wurstfabrik,
De habn eahm 's Geld bracht und as Glück.
Sei' Frau war wohl a weng a Dracha.
Doch mei' Gott naa, was kannst da macha?
So ganz schö' glatt is gar koa Fall,
A bissel was is überall.
Da mitten in der starken Mehrung
Kimmt scho' die erste Ruhestörung.
Sei' angestellte Hirtenschar –
I glaub, es war im Februar –
De hat auf oamal nix mehr to'
Und is mit tausend Schaf davo'.
Wia s' dees an Job habn überbracht,
Da hat er nix als wia recht glacht.
Hat gmoant: »Laß laufa in dem Fall,

I hab no' mehra Schaf im Stall.
Dann kriag i wieder oa im Summa.
Der Herr hat s' gebn, der Herr hat s' gnumma!«
Wia aber na' der Summa kumma,
Da hört ma a scharfs Wetter brumma,
A grader Blitz vom Himmel owa,
Der haut si' eine in an Schober,
Daß 's Heu verbrennt mitsamt der Schupfa.
Die Flammen steign umnand und hupfa
Schnell auf a jede Hütten zua
Und prasseln, fressen ohne Ruah.
Die großen Stallanlagen brenna,
'S Viehch hat ma nimmer retten könna.
Und 's ganze lebende Inventar
Mit Haut und Haar war aus und gar.
Dees hat an Job wohl net recht taugt.
Wehleidig hat er rundum gschaugt
Als wia a frischgmachts römisch Weckl.
Dann aber hebt er d' Augendeckl
Und sagt zum Herrgott ungeniert:
»Du hast mir zwar a schöne gstürt.
Wenns aber is nach Deinem Willn,
Dann kannst auf mi scho' owazieln.
I tua deswegn koan oanzign Brummer:
Der Herr hat s' gebn, der Herr hat s' gnumma.«
Auf dees nauf kimmt a Hagelschauer –
Den scheucht bekanntlich jeder Bauer –
Mit Schlossen wia a Nuß so groß,
Da war vielleicht der Teufel los.

Die ganze Ernte war vernichtet,
Der Waldbestand durchaus gelichtet,
Sei' allergrößter Jagerstolz

War nix mehr als wia Bündelholz.
Fürs Brot, dees wo er braucht zum Lebn,
Hätt 's Feld koan Metzen Korn mehr gebn.
Merkwürdig war dabei no' oans,
Vom fremden Feld da war net oans
Verwüstet oder leicht beschädigt,
Bloß sei' Bestand war glatt erledigt.
Und doch hat er net protestiert:
Warum is dene nix passiert?
Dem neidigen Gschwandtnerbauern drübn,
Zum Beispiel, dem is alls no' bliebn.
O naa – er sagt, i laß mas gfalln,
Dees werd scho' die Versicherung zahln!
Derweil fehlt eahm Police und d' Nummer –
Der Herr hat s' gebn, der Herr hat s' gnumma!

Wia er mi'n Herrgott no' dischkriert,
Hat sich sei' Lieserl nimmer grührt.
Sie kriagt auf oamal Diphtherie,
Net lang hats dauert, war s' dahi'.
Die Gschwister woana drum und flenna,
Der Job, der hat dees gar net könna.
Er schaugt s' bloß o' im letzten Schlummer:
Der Herr hat s' gebn, der Herr hat s' gnumma!

No' war der Sarg mit ihr net drin,
Da froaselt aa die Evelin.
Und 's Lenerl hat dees gleiche g'irbt,
Sie legt si, streckt si, starrt und stirbt.
Der Job, der sagt bloß zu dem Schreck:
Der Herr hat s' gebn, der Herr hat s' weg!

Die Urschi hat dahoam im Haus
Grad d' Suppen kocht fürn Leichenschmaus,

Und weil s' halt gar so fleißig rührt,
Is Gschirr umgfalln und hat's verbrüaht.
Der Wastl, der sich nix mehr mirkt,
Hat auf amal an Veitstanz kriagt,
Sei' Ida kennt si nimmer aus
Und lauft eahm in a Freudenhaus.
Der Job, der seufzt und sagt zu all'm:
»Alls gschieht nach Deinem Wohlgefalln,
Nur weiter mit de Schicksalsschläg,
Der Herr hat s' gebn, der Herr hat s' weg!«

Net lang, nach einer kurzen Frist,
Is eahm a Bua ro'gfalln vom Grüst.
Der zwoate, der gern Stiagnhaus rutscht,
Der hat amal am Dauma glutscht,
Und weil er 'hn z'weit in Schlund nei'bracht,
Hat er bloß no' an Schnapper gmacht.
An Wendelin hat so a Karrn
Beim Bierholn maustot überfahrn.
Der Xide, der war Fuaßballkipper,
Den hat der Ball dertetscht im Gitter.
Vier Buabn auf oamal, dees is vui,
Und doch – der Job hat schier koa Gfuih',
Er sagt und zoagt dabei koan Kummer:
Der Herr hat s' gebn, der Herr hat s' gnumma!

Wia s' von der Leich nach hoam san ganga,
Hat oane mit der Gripp' ogfanga,
Hat Fiaber kriagt, glei siebazg Grad
Und war auf oamal mäuserlstad,
Sei' Deandl wars as allerletzt,
Wo er die größte Hoffnung gsetzt,
Er hat net gwußt, der arme Narr,
Daß s' aa scho' in der Hoffnung war.

Der Job – der rührt sei' kaum vom Fleck,
Der Herr hat s' gebn, der Herr hat s' weg!

Balst moanst, a unglückslose Zeit
Kimmt iatz amal – du, da fehlts weit.
A Erdbebn kimmt daher, a starks,
Und richt a Unheil o', a args.
D' Fabrik fallt ei' mit no' zwoa Buabn,
Und auf amal da kimmt a Sturm
Und beutelt sei' Familie her,
Daß s' alle schier koa Luft kriagn mehr.
An kloana Maxl mit an Jahr,
Der no' im Kinderwagl war,
Den packt a Windstoß samt de Chais'n
Und glei is der im Himmel gwesen.
Das Schicksal zoagt an größten Eifer,
Der Job schaugt zua und stopft sei' Pfeifa,
Zündt o' und sagt sei' Sprüchl keck:
Der Herr hat s' gebn, der Herr hat s' weg!

Weil aber 's Unglücksgschehgn net aus war,
Setzt dees eahm zua, daß schier a Graus war.
Dazua kriagt er am ganzen Leib
Schmerzhafte Wimmerln zum Zeitvertreib.
An Aussatz hat mas früher gnennt
Und dees hat gjuckt soviel und brennt.
Der Wahnsinn hat 'hn opackt schier,
Er war a so bloß mehr oa Gschwür.
Naufgschmissen habn s' 'hn auf a Misten,
Da muaß er darbn und 's Leben fristen.

Und doch, der Job hat schier nix gmacht,
Der hockt am Haufa drobn und – lacht.
Ergeben bleibt er Gott dem Herrn

Und sagt: »Es werd scho' wieder wer'n!«
Da aber kimmt sei' Frau in d' Wuat:
»Schaugts nur, wia der barmherzig tuat!
Jatz is aa 's Haus hi', alle Kinder!
Du bist ganz gwiß der größte Sünder,
Sunst kunnt a solches Unglück doda
Net kemma sei', du schlechter Voda!
Und da vertraut er no' auf Gott –
Jatz wo ma nix mehr z'essen hot.
Da bet er und tuat er, der damische Tropf,
Schlag dir dein Herrgott amal aus 'm Kopf,
Du Nixnutz, du Fallott, du schlechter,
Du waarst a Herr Gemahl, a rechter!«

Der Job sagt nix, schweigt sich aus.
Er gibt koa Meinung, koan Applaus.
Er denkt si' bloß: De macht mi irr,
Drum, liaba Gott, nimm s' a zu Dir!

Und wirkli, wias der Teufel wui,
Denn dees war grad für den a Gspui',
Raamts der glei wegga wia s' grad schreit
Und scho' war s' in der Ewigkeit.
Da woant der Job voll Übermuat:
»Jatz werd scheints alles wieder guat!«

Und wahr is gwen – von dera Stund,
Da is er gsund wordn, stark und rund.
Koa Wimmerl mehr, net hint, net vorn,
Er is no' 's schönste Mannsbild wordn.
Hat wieder gheirat, Kinder kriagt,
Berühmt wordn, weil sei' Nama ziahgt,
Und wenn er no' net gstorben is,
Dann lebt er heut no', dees is gwiß!

## 22. Der Isarbinsenkörblbua
## oder
## Wia sich die Königstochter so täuscht hat

Wer hat vom Moses scho' was ghört?
I glaub, da is a jeds belehrt.
Von dem hat d' Bibel scho' erzählt –
Bloß habn s' den Nama stark entstellt.
Der Ausdruck Moses – dees is klar,
Daß der amal net richtig war.
Heut is natürlich dieser Name
Für Israel a Mords Reklame.
A Irrtum is's, a beispielloser –
Net Moses hoaßt der, sondern Moser.
Wenn doch die Leut von uns herstamma,
Dann habn s' doch alle Baiern-Nama.
Und Kinder Israels, habn s' gmoant,
Hä'n damals um die Freiheit gwoant.
Da muaß i scho' entgegentre'n,
Dees san doch Kinder der Isar gwen.
Dees Ändern is heut freili blöd –

Jatz stimmt natürli mehra net.
Na, i erzähl amal davo',
So wia mas glaubhaft macha ko'.

Zu der Zeit, wia der Moser wordn,
San grad recht viele Kinder gstorbn.
Es war a Art Epidemie –
Da hat sies grissen – Saxendie!
Und weil sei' Muatta sich recht gsorgt,
Hat s' schnell a Binsenkörbl borgt,
Mit Wachstuch ausglegt und verpicht,
Damits halt recht schö' wasserdicht,
Net untergeht und richti schwimmt,
Weil da der kloana Bua neikimmt.
Sie wollt 'hn weg toa aus der Gegend
Und hofft, daß Gott die Abfahrt seg'nt.
Behutsam legt sies nei', dees Mandl,
Druckt eahm a Schebberl nei' ins Handl,
Legt d' Milliflaschen no' dazua,
Damit er zuzeln ko' der Bua.
Begleitadress', de pappts no drauf –
Dann gibts 'hn in der Isar auf.
Jatz hofft s' halt, daß a guata Wind
Zu brave Leut verwaht dees Kind.
Langmächti schaut s' eahm nach und schwenkt
Ihr Taschentüachl, weil s' doch denkt:
Sie siehcht 'hn 's ganze Lebn lang nimmer.
Der Kloa hat aa koan Hoffnungsschimmer
Und segelt ohne Steuermann
Sein' Körbelkahn so guat er kann.
Und plärrt dazua – Musik an Bord –
Dees ghört zum richtigen Hochseesport.
Hätt er die Gegend doch bewundert

Vom vormals christlichen Jahrhundert,
Dann hätt er was derlurt und gsehgn,
Es is eahm aber nix dro' glegn.
Durchs Schwarze Meer und durchs Ägäer
Kimmt langsam er dem Nilfluß näher.
Im allgemeinen war die Fahrt
Ganz zwischenfallos seit 'm Start.
Koa Sturm is ganga und koa Wind,
Dees war ja aa ganz guat fürs Kind.
Er hat sich wohl a paarmal gspiebn,
Doch is er nirgends hänga bliebn.
Gleich bringt 'hn 's Wasser furt und gibt 'hn
Ganz fahrplanmäßig nach Ägypt'n.
Und weil heraußen am Gestade
D' Fräuln Königstochter pfeilgerade
Mit ihrem Hofstaat promeniert,
Hat sie dees Körbl bald fixiert.
Und oane, de bei ihr is gwen,
De hat dees Körbl aa glei gsehn
Und hakelt schnell mit ihrem Schirm
Den Binsenkahn zum Kontrolliern
Ans Ufer her – iatz da schaugts nei!
Was werd dees für a Inhalt sei'?
Man hat sich da net lang geniert,
Damals is no' nix explodiert.
Und wia s' an Deckel auf habn gmacht,
Da hat der kloane Moser glacht
Verschmitzt als wia a ganz a 'kochter
Und überrascht siehcht d' Königstochter,
Infolge äußerer Natur,
Daß dees a Kindl is und zwar a Bua.
Da hat s' a Freud ghabt wia net gscheit
Und glei erklärt s' vor alle Leut:

»Den ziahg i auf so guat i ko' –
Und wenn er groß is, werds mei Mo'!«

Dem kloana Schwimmling war dees Luft.
Der antwort' mit an starken Duft,
Denn während seiner ganzen Reise
Lag er fast stets in Schwitz und Schweiße.
Ma' hat 'hn müassn scho' z'erscht waschen
Bevor s' 'hn hoamtragn in der Taschen.
'S Popole war ganz gschami voll
Und dees habn s' tupft mit Vasenol,
So daß er gspannt hat: Oh, wia fei'
Werd da wohl mei' Erziehung sei'.

Und wahr is gwen – fürn kloana Moser
Is jeder Tag wordn sorgenloser.
Er is a Büaberl wordn voll Schmalz und Saft
Hat »Suppe slampt« und »Bette bafft«
Und hat 'hn ebbas druckt im Innern,
Dann hat ers hergebn – ohne Wimmern.
Die Königstochter hat ja oft
Ihr Naserl hochzogn unverhofft.
So liab er war, der kloana Kerl,
Er war halt doch a Schweinebärl.
Sie denkt bloß allwei unentwegt:
Zum Heirat'n werd er scho' no' recht!

Und so is halt die Zeit verganga –
Der Bua ko' Türschnalln scho' derglanga,
Schiaßt schnell in d' Höh und werd erwachsen
Und sie bewundert seine Flachsen
Und denkt, es waar iatz an der Zeit,
Wenn s' ihn als Prinzgemahl erfreut.

Und wenn er naahm sie zur Geliebten,
Dann kunnt der König werdn von ganz Ägypten.
Doch da kimmst recht – ja wenn er möcht!
Dann waar's net schlecht.
Eahm aber is gar nix dro'glegn.
Hast so an hoaglichen Tropf scho' gsehgn? –
Na ja – mir habn ja net bedacht,
Daß ihre Jugend nimmer lacht.
Sie is a guats Trumm älter wor'n
Und wenn er s' o'schaugt, hats 'hn gfrorn.
Drum sagt er unverblümt zu ihr:
»Hast ghört, i bin koa Kavalier.
Woaßt, Königstochter, i bin groß
Und gaang iatz liaba aus deim Schloß.
I möcht an Juhschroa ṭoa und lacha,
Net allwei Knix und Kratzfüaß macha.
Die ganze Hofzeremonie
Is meines Erachtens nix für mi.
Und dann – i schaam mi doch a wenig,
Wenn i als angenommener König
Und Zuawigroaster soll regiern.
Es taat mi doch neamd respektiern.
Und aa mit dir waars recht a Gfrett.
Du folgerst mir ja dengerscht net.
I müaßt mi ja vor dir verkriacha
Von wegen net besonders riacha.
Und dann – wer soll denn dees gestatten?
Mi'n Adoptivsohn sich vergatten?
Du warst ja recht bedacht auf mi –
Na na – hast ghört, es is scho' gscheiter
I nimm mein Stecka und geh weiter.
Und wenn i wirkli heiratn tua,
Dann find ich standesmäßig gnua.

Und jung und sauber no' dazua.
Bin liaba doch a Isarbua
Und trag mei' Graffel in der Schachtel
Als wia a König mit a alten Wachtel.«
Pfüatgott sagt er no, dann verschwindt er.
Und was sagt si: »So san s' die Kinder!
Z'erscht ziahgt ma s' groß und wenn ma s' braucht,
Dann laufa s' weg und alls verraucht.«

Er war ja dumm – abgsehn von dem,
Wenn ma bedenkt – a solches Lebn
Als königlicher Prinzgemahl.
Er hätts doch schö' ghabt in dem Fall.
Regiert hätt sie und er schaugt zua. –
Lauft er am Glück vorbei, der Bua?
Er hätt s', um sie nicht zu verdriaßn,
Aus Dankbarkeit scho' heiratn müaßn.
Heut is umsunst die ganze Red.
Die Jugend – mei', sie folgt halt net.

## 23. Der ägyptische Pharao
## oder
## Wia der Moser zaubern ko'

Von früher, von der guaten Zeit,
Da redn so gern die alten Leut.
Daß s' gar so schö' war, niamals schlecht.
Dees moan i, glaub i net so recht.
Sie denka halt ans junge Lebn –
Viel Unheil hats scho' allwei gebn.
Oft wiederholt sich heut das gleiche,
Drum hör, mein Volksstamm, und erbleiche.

Im Land Ägypten warn vor Jahrn
A paar von unsere Vorherfahrn.
Als Kinder der Isar warn s' bekannt
Und de habn ghabt an schweren Stand.
Denn dorten hat der Pharao
Regiert und der hat s' druckt a so,
Daß d' direkt sagn muaßt: Gott erbarm –
O mei' Gott, warn de Leut dort arm.

Es war so ähnli, wia ma heuer
Dees Geld oam nimmt infolge Steuer,
Bloß mit dem bösen Unterschied,
Daß im ägyptischen Gebiet
Die Leut no' ghaut san wordn dazua –
Bei uns habn s' doch mi'n Geld scho' gnua.
Abgsehgn von dem, der wo dem Amt
Der Staatsfinanzen gibt bekannt
Sei' letzte Mark, weil er vertraut –
Der ghört ja schließlich heut no' ghaut.
I will net habn zwar, daß i hetz
Auf unser ganzes Steuergsetz,
Mir habn ja bloß dees Zahln so dick,
Doch redst davo' – gibts Politik
Und de bringt lauter Streit und Zweifel
Und der Humor is glei beim Teufel
Wia bei de Leut drunt in Ägypten,
De wo koan Tag, koan ungetrübten
Erlebn habn derfa – dees war hart.
Der Pharao hat ja net gspart
Im Tratzen und im Zwicka
Und lauter Grichtsvollzieher schicka.
Sogar die Nama hat er eahna
Verbotn. – Ihr müaßt's Ägyptisch lerna!
So hat er gsagt, ös dumme Baiern,
Statt ein Oktoberfest zu feiern.

Zum guaten Glück is oana gwesen,
Der war scheints bsonders auserlesen,
Damit er da an Wandel schafft
Infolge bsonderer Zauberkraft.
Der Moser war's – ihr werds no' wissen,

Wia der verpackt im Wickelkissen
Im auspetschierten Binsenkahn
Von Baiern nach Ägypten kam.
Dem also hat de Gschicht net paßt:
»Dees brauchts net!« sagt er, »den Kontrast!
Daß der ägyptische Pharao
Muaß alles habn und mir sterbn o'.«
Drum is er hi' zu eahm – hat gsagt –
Dersel' is grad am Diwan gflackt:
»I steh vor dir als Volksvertreter,
Denn auf a Wandlung hofft a jeder.
I möcht dich bitten ehrenwert,
Regier in Zukunft net so gschert!« –
Der Pharao werd grea im Gsicht,
Denn so a Frechheit faßt er nicht.
Er ziahgt an scharfen goldern Knicker
Und will damit an Moser spicka.
Der hupft auf d' Seiten, schreit: »Oho!
Kimmst du mit deiner Antwort so?
Ah, da schaug her, daß i net rutsch!
Da moan i, gehst scho' du z'erscht futsch.
Jatz hab i glaubt, du woaßt as scho',
Daß i a bissel zaubern ko'.
Paß auf, i will dir's glei beweisen,
Dann werd dei' Rachsucht schö' entgleisen.
Mein Haklstecka, gel' den siehgst,
Moanst net, daß d' bald am Bodn da liegst?
Schau her da – kennst a Schiaßbrillnschlanga?
Gib obacht, du, sunst kunntst di fanga!«
Der Pharao schreit auf vor Angst:
»Tua's weg, dees Viech, hast ghört mir gaangst!«
Der Moser sagt: »Brauchst net derschrecka!
Dees war ja bloß mei' Zugspitzstecka!

Gspannt aber moan i hast as scho',
Wenns grad pressiert, dann gehts dir dro'!
I aber will koa Zwistigkeit,
Drum ziahg i weg mit meine Leut.«

»Z'erscht könna!« schreit der, »dees waar glacht,
In meine Händ liegt alle Macht!« –
»Geh tua koan Blödsinn zsammaschwatzen,
Gar nix liegt drin in deine Bratzen.
Laßt mi aa hint und vorn bespitzeln,
I werd' dir 's Jawort außerkitzeln,
Mit Wunder und mit Zauberei –
Dir bring i bald an Anstand bei!«
Er sagts und taucht sein Haklstecka
In Nilfluß nei', daß d' Fisch verrecka
Und 's Wasser werd zu lauter Bluat.
»Brav!« schreit der König, »dees war guat!«
Da fahrt der Moser mit sei'm Stab
Von unten herauf – auf und ab.
Dann schmeißt er 'hn kurzerhand in d' Höh
Und alles war voll Läus und Flöh.
Der Pharao hats scheints scho' kennt:
»Dees macht nix!« sagt er, »san ma gwöhnt!«
»Abrakadabra!« sagt der Moser
Und macht dazua an kurzen Bloser.
Da san in jeds Haus tausend Wanzen
Und tean an Vampirschiaba tanzen.
Es nehma Reißaus Hund und Katzen
Und überhand die Mäus und Ratzen.
Da hat si' neamd mehr pelzen könna,
A jeder wollt in Wald naus renna.
Der König selber war entzunden,

So habn ahn d' Mäus und d' Läus derschunden.
Mit Fliagnschieß war sei' Gsicht dertupft,
Vom Westentaschl d' Flöh rausghupft.
»Du Moser-Bazi!« schreit er auf,
»Da geht ja ganz Ägypten drauf.
I laß euch ziahgn, tua's weg die Bruat!« –
»Guat!« sagt der Moser, »is scho' guat!«
Er winkt mi'n Stecka hin und her
Und plötzli kriacht und hupft nix mehr.

Wia aber dann die Isarleut
Mit einer großen Emsigkeit
Ihr Zeug zsammpacka und waarn ganga,
Da wollt er's Dableibn doch verlanga.
»Schau, wia der Pharao sich verkrampft?
Mögst wohl an Kranz mit ›Ruhe sanft!‹
Na wart nur, dir vergeht scho' 's Lacha,
I muaß halt no' a Kunststück macha!«
Der Moser draht an Stecka um
Und lauft damit um sich herum
Perliko koka kola kumm!
Und scho' werds krabblig ringsherum.
Heuschrecken falln ins ganze Land
Und Motten fressen eahna Gwand.
Dann kemma Frösch glei ganze Pack
Mit tausendfachem Quakquakquak,
Bevölkern Wiesen, Wald und Scheune,
Sogar in sein' Palast san s' eine.
Er wollt sich schnell im Bett verstecka,
Derweil habn s' in der Umschlagdecka
Scho' gwart auf eahm, dees war net schö'.
»Tuas wegga!« scheit er, »dann könnts geh!«
Der Moser fuchtelt mit sei'm Stecka

Und »Quack« hats to', war alles wegga.
Wia dees vorbei war und war gschehgn
Und hat dees Plagzeug nimmer gsehgn,
Moant er mit einem Spöttlergsichtl:
»Warum gehst du net glei zum Schichtl?
Da waarst a lustige Zaubernummer –
Da taan ja d' Leit von weit her kumma.
Doch daß du's woaßt, du Herr Fakir –
Respekt hab i no' koan vor dir.«
Auf dees nauf werd der Moser granti:
»Di pack i iatz und zwar avanti.
Mit Forte und Fortissimo
Spiel i iatz auf, Herr Pharao!« –
Er schreibt an Kreis, an sehr geübten,
Da hats im ganzen Land Ägypten
Drahorgeln und Gramola gschneibt,
Daß schier koa' Erdfleck übrig bleibt.
Und de habn alle durchanand
Die Schlager spielt von jedem Land:
»Mein Herz, das ist ein Bienenhaus«,
Und »Hinterm Ofen sitzt a Maus«.
»Das war in Ninive im Monat Mai,
Da habn ma gsuffa, oans zwoa drei.«
»Die alte Tante Henriett'
Hat bachane Flundern drin im Bett.«
»Ich liebe dich schon viel zu lang«,
»Als Noah aus der Arche sprang«,
»Ach komm mit mir ins Paradeis«,
»Die Eva lacht und woaß was Neu's«.
»Der Adam is von Berg am Loam«,
»I möcht mein Grüawigen dahoam«.
»Der Fuaßball, der macht alle wuid«,
A so habns durchananda gspuit.

Im ganzen Land Ägypten war
Halt ein Gedudel schauderbar.
A so a Melodieragout,
Dees muaß ma ghört habn – »Servus du!«
»Ich küsse ihren Arm, Madame,
Weil i mi heut glei gar net schaam.«
»In Sodoma is Holzaktion«,
»Wenn du mich küßt, was hast davon?«
»Es sitzt am Nil ein Krokodil«,
»Du bist die Flamme, die ich will«.
»Kennst du den schiefen Turm von Babel?«
»Tanz mit dem Bauch, dann lacht der Nabel.«
Der Pharao hat im Gebäude
Versucht, wie er den Lärm vermeide.
Mit drei Pfund Watt verstopft er d' Ohrn,
Da is der Krach no' lauter wordn.
Kaum war genügend Platz vorhanden,
Am Hausdach drobn san d' Orgeln gstanden
Und oane schreit vom Ofaloch:
»Geh hupf, mei Maderl, hupf recht hoch!«
»Die Polizei sorgt für Verkehr«,
Der Pharao schreit: »Hackeln her
Und schlagts es zsamma kreuz und quer.«
Sie macha Kloaholz und haun nieder,
Und glei spielt ein Ersatz drauf wieder
Dees schöne Liad vom weißen Flieder.
Und »Puppchen ist mein Augenstern«,
»A Musi kann ma allwei hörn«,
»Wenn ich bei Bubi bin, ein zarter Kuß«,
»Komm her, sag du zu mir, du gscherte Nuß«.
»Ach, liebe mich, dann kannst du was erleben.«
»Dich hat ein Gott nach Maß gemacht,
so glatt und eben«,

»Und wenn ein Mädel keinen Herrn hat,
Den wo es liebt und wo es gern hat«.
»Dann greift die Jungfrau zum Gebet«,
»Sie weint, weil 's auseinandergeht«.
Der König möcht auf alls verzichten
Und wollt an einen Ort sich flüchten,
Wo man sich nur allein benimmt,
Da hat die Öffnung angestimmt:
»Ich sag nicht ja, ich sag nicht nein!«
»Du brauchst mir auch nicht treu zu sein.«
»O Postillon von Jericho,
Was machst du denn so lang am Clo?«
»Wie schön ist's, wenn Musik ertönt«,
»Ich hab mich so an dich gewöhnt.«
»A jeder Jaga hat sein Stutzen«,
»Wennst ferti bist, dann tuast di putzen«,
»Wo nimmt der Storch die Kinder her?«
Da schreit der Pharao: »Ich kann nicht mehr!
Mei' königlich ägyptische Ruah!
I halts net aus – mein'twegn fahrts zua!«

Der Moser tuat sein Stab iatz schwinga,
Und aus wars mit 'm Spieln und Singa.
Koan Musikasten hast mehr gsehgn,
Bloß oana is vorm König glegn
Und kraaht – er tat ihn damit meinen:
»Wenn ich dich seh, dann muß ich weinen.«

»Ja ja, mei' Liaba«, sagt der Moser,
»Gel', iatz bist dasi, du ganz Großer!
A so an Krach, hast ghört, verstehst,
Trainiert ma beim Oktoberfest.
Den kann bloß unseroans vertragn,

Da brauchst an Münchner Starkbiermagn.
Jatz pfüat di Gott und schaug auf d' Uhr!
In zwoa Stund siehgst auf deiner Flur
Von unsere Leut net oan mehr geh',
Auf gehts, zur Isar! – Iatz werds schö'!«

## 24. Der Tanz um die goldene Sau
## oder
## Der Einzug ins Gelobte Land

I hoff', daß dees no jeder woaß,
Daß i an Moses – Moser hoaß.
Und der hat gsagt zu seine Leut:
»Ihr Kinder der Isar, seids fei' gscheit.
Teats ehrfurchtsvoll und dankbar sei',
Sunst macht der Herrgott euch was drei'!
Ihr wißts, er hat, wenn auch verspätet,
Euch wieder wunderbar errettet.
Net lang is's her, daß uns a so
Hat owidruckt der Pharao,
Und daß er bis zum Roten Meer
Uns nachgschickt hat sei' Militär.
Könnts euch erinnern an dees Gfuih'.
Bolln hat a jeder ghabt, net vui.
Wia dann der Herrgott so a Gassen
Durchs Rote Meer ersteh' hat lassen,
Und mir san durch mit trockene Füaß,

Mit Weibsen und mi'n kloana Gmüas.
Kaum warn ma drübn, san s' uns scho' nach,
Mit Helm und Schwert, mit'm ganzen Sach.
Und wia die ganze Blasen drin,
Hab i bloß gsagt: Simsalabim!
Und 's Meer is wieder zsammagfahrn,
Obwohl d' Ägypter drinna warn.
Koan habn ma gsehgn mehr aufataucha –
De hä'n uns bloß net nachfahrn braucha.
Mit Mann und Roß und Wagen
Hat sie der Herr geschlagen.
Drum teats ma die Gcboter halten,
In Andacht euere Bratzen falten.
Net lüagn, net stehln, nix Unkeusch' treibn,
Net saufa und net umaspeibn.
Seids ordentli – i muaß wohi',
A'm Berg nauf schaug i schnell, ob i
Net wieder ko' mi'n Herrgott redn.
Gel' also no'mal – teats schö' betn!«

Der Moser geht – d' Leut bleibn herunt
Und hä'n zum Folgen ghabt allen Grund.
Doch wenn die Katz is aus 'm Haus
Tanzt bald am Tisch drobn jede Maus
Voll Freud, weil s' no' net gfressen is,
D' Leut san da grad so, dees is gwiß.
Schreit net glei oana: »San ma froh,
Daß unser Alter is net do.
Der Grantler taat die ganz Zeit bät'n,
Als ob mir dees so freudig tät'n.
Der soll uns was gscheits z' Essen gebn,
Vom Manna solln mir allwei lebn
Und nebnbei derf ma Spatzen fanga,

Z' Ägypten is uns besser ganga.«
»Bravo!« tuat oana weiterschürn,
»Der soll uns in a Land neiführn,
Wo Bratwürscht an de Baam dro'hänga,
Mir folgn eahm oafach nimmer länger.
Mir suacha selber unser Glück,
Dees Rumziahgn kriagn ma langsam dick.
Mir möchten lebn, so wia 's uns gfallt,
Net heilig werdn mit aller Gwalt.
Jatz tean ma Schande spieln und Räuber,
Und nachher Stockschlagn mit de Weiber!«

Die Mannerleut de schrein: dees haut!
Nur nei' in Stock glei, wer si' traut.
Hachtoi! – De habn a runde Scheibn!
Da könn ma Viechereien treibn.
Und bald drauf tat sich alles regen,
Man kam den Frauen hart entgegen.
A Gaudi war da glei im Gang,
Das Trio: Wein und Weib und Gsang
Hat Ausgang ghabt und war obnauf.
Die »Holzaktion« und »Brüderlein sauf«
Habn s' no' dazu recht gräusli gsunga.
Und oane is a'm Tisch naufgsprunga,
Hat dees, was oghabt hat, no' runter,
Und d' Leut werdn allwei mehrer munter.
Grad narrisch san s' und hupfat wordn,
Die ganze Bildung habn s' verlorn.
Die Unmoral stieg auf das höchste –
Wer kennt nicht das Gebot, das sechste?
Wer aufklärt is, der braucht net frogn,
Es war scho' mehr als ungezogn.
Und vom Vergnügungskomitee

Steht oana auf mit Renommee
Und schreit: Habts ghört, was i euch pfeif!
Mir san ma größtenteils scho' reif
Und san erwachsen – hugh – verstehst?!
Balst da koan freia Willn net hä'st,
Mir gangst, hast ghört, dees waar scho' recht!
Von uns tuat jeder was er möcht!
De Zehn Geboter san uns z' schwer.
Mir lassen s' falln und folgn nicht mehr.
Mir gründen oafach ein Komplott
Und macha uns an eigna Gott –
An solchen – hugh – den wo ma siehcht,
Und net »Das ist verboten!« spricht.
Da schreit das Volk: Bravo! Hurra!
A Gott muaß her iatz, Herrschaftsaa –
So gehts net weiter – ausgeschlossen,
Glei heut werd no' a Standbild gossen!

Und schnell habn s' Armreif, goldne Ketten
Und Knöpf habn s' raus von de Manschetten,
Habn s' hitzat gmacht, bis laufat war
Und habn dann auf an Hochaltar
Sich selber gmacht a Monument.
Was 's werd, dees hat ma net glei kennt,
Sie habn die Form ganz anders gmacht,
A goldne Sau habn s' zsammabracht.
»Is aa recht!« schreit der Obergiaßer
Und tuat nach hint' und vorn an Niaßer.
»I wollt ja zwar a nackte Frau,
Jatz bet' ma halt zur goldnen Sau.«
Und scho' singt oana, so a Tropf:
»D' Sau, d' Sau, de hat an schweinern Kopf
Und – und – vier Füaß hat s' aa,

Und – und – wenn ma s' genau betracht,
Hat s' – hat s' – hat s' an Schwanz aa.«
Auf diese schöne Hymne drauf
Führn s' mitanand an Sautanz auf.
Zwoa Weiberleut habn d' Haxen gschmissen,
Daß d' moanst, iatz hats ganz gwiß was z'rissen;
Ja liabe Leut – dees is doch klar,
Daß dees net gottgefällig war.
Drum hat aa glei der Erdbodn zittert
Und Gott hat ihnen dann zergliedert
Mit Blitzstrahl und mit Donnerkrach,
Daß er no' Herr is in sei'm Fach.
Im Nu war der Altar verschwunden
Und koana hat sei' Gold mehr gfunden.
Gleichzeitig über ihnen stand
Der Moser an der Felsenwand:
»Habts endli gnua? – Is scho' vorbei?
Habts aufghört mit der Sauerei?
Ja moants denn ihr, so kann ma lebn
Und nach der höheren Bildung strebn?
Glaubts ihr vielleicht – a Schix, a Stenz
Is unsere letzte Quintessenz?
A so verreckts doch auf der Straßen –
Ihr seids ja ganz von Gott verlassen.
Was ihr da treibts, is doch a Schand!
Wo habts denn eigentlich euer Gwand?
Deckts euch doch anstandshalber zua –
I schwärm net für so vui Natur.
A Sonnabad hätts nehma wolln?
Geh, lüagts ma fei' net gar so gschwolln,
Jetzt bei der Nacht? – Mondsüchtig seids!
Mit euch, da hab is so a Kreuz.
Ihr waarts a so a Flüchtlings-Treck,

Da is ma kaum a paar Tag weg,
Und scho' geht alles durchanand.
Ja, habts ihr denn koan Hausverstand?
Sau ist gleich Schwein, Schwein ist gleich Glück!
Dees war die ganze Politik.
Zwoa Tafeln hab i in de Händ,
Da hab i 's euch iatz einebrennt,
Wia de Gebote Gottes hoaßen –
Ins Hirn sollt ma s' euch eineschwoaßen.
Damit s' euch in der Seel drin brenna.
I wer s' ja aa net halten könna,
De Tafeln habn a narrisch Gwicht –
I stell s' da her, daß jeder siehcht.
Sprecht mir jetzt nach – mit Händefalten:
Wir wollen die Gebote halten!«
A so habn s' gmoant – in zwoa, drei Wocha
Warn s' allesam scho' wieder brocha!

– – – – –

I glaub, von uns taats koan recht glüsten,
Wenn er lang lebn müaßt in der Wüsten.
Wo hint und vorn koa Wirtshaus steht,
Koa Post und aa koa Bahn hi'geht.
Wo'st höchstens drobn hockst am Kamel
Und dees geht schließli aa net z' schnell.
Wo ma vor lauter Sand nix siehcht
Und d' Sunna recht hoaß owasticht.
Wo gar zum Durscht koa Essen glangt,
Der Magn zum Revoltiern ofangt.
Wo winseln taat der größte Prasser:
A Königreich für ein Glas Wasser!
Wo oan no' tratzt d' Morgana Fata –
Da suach amal den frommen Pater,
Der so a Gsellschaft halt no' zsamm,

Wenn s' gar koa Hoffnung nimmer habn.
Drum hat der Moser auskundschaft,
Wo man am bessern ißt und schlaft.
Ma siehcht 'hn allwei schaun und spaahn,
Bis die Kuriere kemma san.
Wia de erzählt habn, da habn s' glacht.
A paar habn glei a Gselchts mitbracht,
Salzstangeln und a Bauernbrot.
Da drobn habn s' gsagt, da gibts koa Not,
Die Radi san wia Ruabn so groß,
Kalbshaxen gibts mit Bratensoß,
Brathendl, Fisch und Schweinskopfschädel,
Kartoffelklöß und Leberknödel,
Und dann habn mi no' von am Bräu
An großen Banzen Bier dabei.
Dees halt sich aber bloß im Bunker,
Drum habn ma's unterwegs scho' trunka.
Dees hat natürlich koan erheitert
Und beinah hätten s' wieder gmeutert.
Da schreit der Moser: »Seids vernünftig!
Und halts no' aus – mir kriagns ja künftig.
Verdeant hats eigentlich koana net,
Doch daß amal a End hergeht,
Sunst werd ma ja de Weltgschicht z' lang,
Erfüll ich euch den heißen Drang.
Mi tuats ja selber aa scho' glüsten.
I führ euch auße aus der Wüsten
Und hi' an d' Isar, da werds spechten.
Dees Land, wo alle Leut hi' möchten,
Hoaßt Baiern, habts mi iatz verstanden?
Da kann a anders Land net landen,
Drum hat mas Kanaan getauft,
Da wo mas beste Starkbier sauft.«

Juhu! habn s' da glei alle gschrian,
Wir folgen dir! – Du muaßt uns führn!
Geh weiter, nimm uns bei der Hand
Und führ uns ins Gelobte Land!

– – – – –

Wias weitergeht, möcht i mir schenka –
Den Einzug müaßts euch selber denka.
I woaß bloß oans no' von der Gschicht:
Das Ziel erreichten viele nicht.
Der Moser is zuvor no' gstorbn,
Drum glaub i, es is nix draus wordn.
Obwohl – dees muaß i no' beteuern:
Zuagroste gibts grad gnua in Baiern.
Brauchts gar net, daß i 's euch no' zoag,
Ma kennts ja scho' am Loawidoag!

# DRITTES TRUMM

Von Kanaan bis zur Susann'
Und was man sonst berichten kann
Is dees, was in dem Büachl steht,
Damit ma siehcht: wias weitergeht

## 25. Das baierische Kanaan
## oder
## Wia die Kinder der Isar bsetzt und entsetzt wordn san

Vielleicht sagn d' Leut: Dees is a Schmarrn!
Du kannst iatz nimmer weiterfahrn,
Sonst werd die Bibel no am End
Ein »Altes baierisches Testament«.
Wer woaß denn heut noch was davon
Vom Samson und vom Gedeon?
Guat, daß ma dees scho aufklärt habn,
Woher der Name Kanaan
Wohl herkimmt. – Wers net woaß, fragt mi.
Da kann-a-an-ders Land net hi',
Drum hat ma's Kanaan getauft,
Weil nirgends d' Milch so überlauft.
Dort habn die Kinder der Isar gwohnt,
Denn Gott hat s' wieder amal belohnt.
Und zünftig glebt habn s' mitanand
Grad so wie im Gelobten Land.

Doch wias halt geht, so mit der Zeit
San s' schwach wordn in der Frömmigkeit
Und 's Betn hat eahna nimmer gfreut.
Vor allem gar de junga Leut.
De habn sich oafach denkt: Ja mei,
Im Wohlstand fallt uns dees net ei.
Denn betn und bitten tuat ma bloß,
Wenn grad amal die Not recht groß.
Koa Schul, koa Arbat hat mehr gschmeckt,
Bloß tuschelt habn s' und d' Köpf zsammgsteckt.
Die Buabn habn plärrt und gjohlt wia wild
und mit de Madln Dokta gspielt.
Dazua habn no die Großn glacht,
Statt daß sie drüber aufgebracht.
Es war koa Ordnung und koa Zucht,
Die ganze Moral war falsch gebucht.
Wenns oam z'lang guat geht, dees is nix,
Da braucht ma wieder seine Wichs.

Das Nachbarvolk am Grenzlandwall
Hat längst scho gspannt den Volksverfall.
An Milch und Honig habn s' Bedarf,
Aufs Bier warn s' sowieso scho scharf,
Aufpaßt habn s' aa net an der Grenz,
Und scho warn s' da, die groben Stenz.
Sie habn die Wachen no ganz warm,
Woaßt sozusag'n mi'n Mensch im Arm
Entwaffnet und entweibt am Platz.
Da wars vorbei mi'm holden Schatz.
D' Mannsbilder habn s' ins Lager ghetzt,
Was weiblich war, habn s' selber bsetzt.
So habn s' dees ganze Volk zsammgfangt,
Dees war die Straf, du dee hat glangt.

Bloß Wasser und nix mehr zum Essen,
Der Feind is an der Milchbar gsessen.
Und hat s' dazua verlacht und gfoppt:
»Wie habt ihr euer Land gelobt?
Da kann a anders Land nicht hin?
Was wollt ihr denn? Wir sind doch drin!
Natürlich sind wir gar nicht faul,
Den Honig streichen wir ums Maul,
So wie wir uns bei euch beweiben,
Euch soll der Schnabel sauber bleiben.«

Da habn die Kinder der Isar gschaut,
Den Schimpf habn s' net so schnell verdaut.
Ja, wennst bedenkst – im eigna Land
Nix mehr zum Redn – dees is a Schand.
Und in der Not san s' bsinnat worn,
Habn bet', damit net all's verlorn.
Die Mehrern freili, de habn gschrian:
»Dees habts von euerm Propagiern,
Lockts allerweil die Fremden her,
Jatz habts 'n, euern Fremdverkehr!
Sie san die Herrn und mir die Knecht,
Es gschiehcht uns eigentli alle recht.
Bis jetzt habn mir doch bloß erfahrn,
Daß allwei mir die Dumma warn.
Beim alten Moser wars scho so,
Nur schad, daß der heut nimmer do.
Der hätt sich hintern Herrgott gsteckt
Und wieder a guats Wort eiglegt.
Heut san ma gottverlassne Tröpf,
Koa Führung ham ma – koane Köpf.
Und bei der Kost werdn s' allwei kleana,
Mir könna aus der Not nix lerna.«

»Warum denn net? – Waar doch scho recht.
Mir warn doch früher aa net schlecht.
Um uns is mir net angst und bang,
Die strenga Herrn regiern net lang.
Mir müassn halt auf uns vertraun,
Dann wern ma s' wieder außehaun.«

Der wo so gredt hat, war no ledi,
Und d' Leut habn gsagt: Dees is der Gede,
Ausgschriebn hat er Gedeon ghoaßen. –
»I wer' euch wieder zsammaschwoaßen.
Laßts nur die Fremden weiterfischen,
An Starkbiervorrat wenn s' derwischen,
Der macht die ganze Bande bsuffa.
Denn brech' ma aus und dann gibts Puffer.
Den Zeitpunkt wern ma inne wern,
Wenn s' auf amal recht gräusli plärrn.
Denn de san unser Bier net gwöhnt,
Bis jetzt habn s' ja bloß d' Milli kennt.
I habs scho gsagt zum Kommandanten,
Wo s' eventuell was z' Saufa faanden.«

Und wirkli – 's war no net ganz Nacht –
Hat oana d' Kellertür aufgmacht
Und 's erste Faß aufabracht.
»Det Ding is richtig!« hat er glacht;
'S O'zapfa hat zwar net recht klappt –
Sie habn koan Burgermoasta ghabt –,
Doch mit der Zeit lernst alles kenna,
Scho siehcht ma s' mit de Maßkrüag renna
Und zuzeln draus, als taan s' verdursten,
So ahnungslos warn s', de Hanswursten.
Scho stimma a paar Manna an:

Es lebe Bairisch Kanaan,
Denn das gehört jetzt uns – jawohl!
He! – Nochmal so 'n Maßl voll!
Bald hat sie's packt in Bogn und Bausch,
Und langsam kommt der Siegesrausch.
Der Trebernsaft hat gwirkt und wia:
Beim Tag die Milli, nachts dees Bier,
Kannst dir scho denka, wia dees treibt,
So daß kein Auge trocken bleibt.
Die meisten hats scho sauber gstößen –
Vielleicht habn s' aa no Zwetschgen g'essen.
Dees is bekanntlich ohne Frag
A ganz a gfährliche Unterlag.
Der Gedeon hat bloß no glauert
Und gmerkt, daß dees net lang mehr dauert.
Bald is net oana aufrecht bliebn,
Sogar die Wächter habn sich gspiebn.

»Jetzt«, moant der Gedeon, »is's Zeit,
Horchts her auf mi! Gebts obacht, Leut!
De Gschicht, de pack ma mit Humor.
Schleichts euch schö naus beim Lagertor
Und sicherts euch die schärfsten Waffen
Von dene mit de größten Affen.
Fallt oana euch im Suff an'n Hals,
Markierts an Bsuffan ebenfalls
Und sagts zu eahm: Mensch, Meier, Mann!
Gel, zünftig ist's in Kanaan?!
Und lallt der oa': Mein Bruderherz,
Warum ergreifst du mich beim Sterz?
Dann sagts: He, Freunderl, kimm mit mir,
Mir habn für di no mehrer Bier!
Daß mir dees san, habn de koan Schimmer,

Da kennt der oa den andern nimmer.
Richts aa glei Waagn und Rösser her,
Da schlicht ma s' aufe kreuz und quer
Und fahrn s', solang der Zustand halt',
Bis über d' Grenz dort hintern Wald.
De wo no steh und laufa könna,
Derfts mit de Fackeln hinten brenna,
Umbringa aber sollts ma koan! –
Wenn grad a Weiberleut dem oan
Ganz bsonders gfallt, da kann er's bhalten,
Wer gheirat is, bleibt bei der Alten.
So – iatzat tummelts euch a weng,
Dann is die Arbat aa bald gschehgn.«

Du – dees hättst sehng solln, wia dees war,
Und klappt hat alles wunderbar.
Schnell hat all's zuapackt und im Trab
Fahrn s' fuaderweis' die Bsuffan ab.
Die meisten hat der Samson glodn,
Der hebt s' mit oana Hand vom Bodn.
Stemmt 's nauf a'm Wogn – die Roß ins Gschirr,
Und weiter gehts mit Hott und Hüah!

So is no koa Besatzung weg,
A so a Hetz – mit ham and egg.
Koa warmer und koa kalter Kriag,
Es war so wia beim Vogel fliag.
Bis s' ihren Rausch ausgschlafa habn,
War koana mehr in Kanaan.
Man kann halt sagn: So über Nacht
War das Befreiungswerk vollbracht.
Der Feind war restlos auße gschmissen
Und hat sogar in d' Hosen – gmacht.

Der Gede sagt: »Jatz habn mas gschafft
Mit unserm Bier – dees hat a Kraft!
Wer dees net kennt, werd matt und müad,
A so, daß 's Zeit zum Hoamgeh' wird.
Und weil ma wieder frei und frank,
Drum sagn ma alle: Gott sei Dank!
Und schaugn dabei zum Himmel nauf –
In Zukunft paß ma besser auf.
Da wolln ma nix mehr übertreiben,
Politisch muaß ma nüachtern bleibn.
Wirtschaftlich mach ma an Vertrag,
Dann profitiern ma vom Ertrag.
De solln uns unser Bier abkaufa,
Dann braucha s' nimma rüber laufa,
Und jeds Jahr – 's kann im Herbst rum sei,
Da ladn ma s' dann auf Kirchweih ei.«

## 26. Die Ruth in Frieden
## oder
## Wia ma aa mit der Schwiegermuatta guat auskemma ko

Kennts Ihr den reichen Bauern Booz?
Wo jeder gsagt hat: Mei, der hots!
Der kann sich leicht a Jungfrau leisten
So wia die Ruth, de wo am meisten
Von alle Männer war begehrt.
Der hat s' bloß gfragt, scho hat s' eahm ghört.
Dees hoaßt – so schnell is aa net ganga,
I muaß da scho von vorn ofanga.
Von jedem Mannsbild kann ma sagn:
Mei, der muaß aa sei Packl tragn.
Is oana reich, dazua a Streber,
Dann fehlts eahm ganz gwiß auf der Leber,
Und hat a Weib die Liab im Herzen,
Dann kriagt sie s' aa net ohne Schmerzen.
Is aa der Ehemann a guata,
Dann hat s' a böse Schwiegermuatta.
A junge Frau machts selten recht,

Wenn sie den Sohn der Mutter möcht.
Natürli liegts aa oft an ihr,
Ganz ohne Hakeln gehts fast nia.
Wo halt zwoa Röck in Fühlung kemma,
Tuats oft der Eh an Frieden nehma.
Der Mann soll bei dem Hausverwalten
Zur Frau und zu der Muatta halten.
Und dees is gar net allwei leicht,
Obwohls die Eifersucht net bräucht,
Denn eahm hat d' Muatta anders gern
Als wia die Frau den Eheherrn.

Dafür gibts heut in mein' Bericht
A Musterbeispiel aus der Gschicht.
Das war die Schwiegertochter Ruth,
Bekannt als brav vom Institut.
Die hat sich, man kanns ehrlich sagn,
Mit der Verwandtschaft guat vertragn.
Sie hat net oamal – wenn ma denkt –
Der alten Dam' as Mäu oghängt.
A so wia de drei zsammalebn,
Da hats die ganze Zeit nix gebn.
Sitzt aber 's Glück im ersten Rang,
Dann dauerts meistens net recht lang.
Im Feld drauß hat den Mann und Sohn
Beim Ackern amal der Blitz derschlogn.
Dees war a Schlag für alle zwoa,
Und 's Woana werd schier nimmer goa.
Ma hat zwar hie und da scho ghört,
Daß eine Frau, die Witwe werd,
Recht bald an andern Mann begehrt.
Jedoch nach einem Jahr die Ruth
In der Weis nix dergleichen tut.

Sie sagt zur Schwiegermuatta glei:
»So wia deim Sohn bleib i dir treu!
Was i verdien, will i dir gebn,
Er hätt ja aa gsorgt für dei Lebn.« –
»Naa!« moant s'. »Dees kann i net verlanga!
Derfst scho a neue Liab ofanga.
Der Martl, schaug – glei vis-à-vis –,
Der specht ja doch scho lang auf di,
A anderer Mo tröst di no gwiß –
I woaß doch wias im Leben is.« –
Die Ruth sagt drauf: »Dees wolln ma sehgn,
Mi braucht a anderer gar net mögn.
Als Tochter ghör i jetzt zu dir,
Was du mir gebn, vergiß i nia.
Die oanzige Stütz is dir verlorn,
Die du mit Schmerzen hast geborn.
Werd aa dees Lebn net leicht und schö,
Mir halten zsamm, es werd scho geh.«

»Daß du mir jeden Wunsch erfüllst
Und gar auf all's verzichten willst,
Dees geht mir aber gar net ei –
Werst doch net in der Hoffnung sei?« –
»O Mamm', ich war nicht auserlesen,
Dees waar mei größter Wunsch no gwesen,
Dann hätt ich dir doch als Ersatz
Sei Kind bracht als Erinnerungsschatz.«

»Du guate Seel, i muaß scho sagn,
Wia du mir hilfst dees Dasein tragn,
Den Schmerz no teilst mit mir am End,
So hab i no koan Menschen kennt.
Machst dir um mi a solche Müah,

In Gotts Nam' nachher bleib bei mir.« –
Die Zeit der Prüfung de war schwer –
A Mo wenn fehlt, dann fehlt halt ER.
A'n Feldbau könna s' net derkraften
Und für a'n Knechtlohn aa net haften.
Oa Trumm ums andere habn s' verkauft,
Bloß daß der Haushalt weiterlauft.
Unglück habn s' aa no ghabt im Stall
Und d' Muatta trifft a Schlaganfall,
Die Nachbarn habn sich net erbarmt
Und so san s' alle zwoa verarmt.

»Mei guate Ruth, gel' siehgst as jetzt,
Wia leichter gang's, wennst mi net hättst.«

»Sollst net so redn – i pfleg di scho,
I tua ja alles was i ko.
Mir müassen d' Not no überwinden,
Vielleicht kann i a Stellung finden.
Jetzt is grad überall Erntezeit,
Da san die Bauern froh um d' Leut.«

Doch weil sie sich net traut und fragt,
Habn s' selber zu ihr aa nix gsagt.
Oamal hat sie sich auf a'm Feld
Beim Korneinbringa hint ogstellt
Zum Ährensammeln, aber leider,
Die Mägd, de jagn s' glei wieder weiter.
Der Kampf ums Brot kann bitter sei'
Und weiter zruck kriacht s' hinter drei'.
Vom Rechern is fast gar nix bliebn –
Die Knecht habn ihren Spott no' triebn.
»Mach halt a bissel auf dei Mieder,

Dann werd dir 's Ähern net so zwider.
Geh, laß was sehgn – wo bist denn schö?
Dann laß ma dir a Mandl steh.
Dees nimmst mit hoam, dann hast dein Mätzn,
Du brauchst uns bloß net unterschätzen.« –
Oa Knecht is gar no weiter ganga,
Der wollt ihr glei in d' Blusen glanga,
Und sagt dazu no der Banauser:
»Da nehm i mir an Weihbrunn außer!«
Die andern habn natürli glacht
Und hätten aa so Gspasseln gmacht.
Die Ruth is rot und gschami wor'n,
Hat fest ihr Gwand zuaghalten vorn
Und is natürli glei davo,
Daß s' koana mehr derglanga ko.
Ganz kreuzlahm war s' bis spät in d' Nacht –
Oa Büschel hat s' bloß zsamma bracht.

Der Gutsherr, dem die Felder ghörn,
Hat all's beobacht so von fern,
Und mit sei'm Gaul reit er jetzt näher:
»Seids ihr jetzt Schafböck oder Mäher!
Fallt euch denn gar nix Dümmers ei?
Wia kann ma denn so gamsi sei?« –
Er siehcht die Ruth vom Acker geh
Und denkt: Na ja – man kanns versteh!
»Sie, junge Frau, kehrn S' no'mal um,
I möcht iatz wissen grad, warum
Sie 's tägliche Brot auf de Weis suacha,
Wo meine Leut san solche Ruacha,
Koa Angst vor mir – i bin der Booz,
Für di hab i an andern Plotz,
Da drübn werd grad der Woaz eigfahrn,

Dort kannst dir viel was Bessers sparn,
Wennst fest mit zuagreifst, derfst dir nehma
Was d' brauchst und morgn kannst wieder kemma.«
»Vergelts Gott!« sagt die Ruth zum Bauern,
»Da werd die Not net lang mehr dauern.
Wia hab i denn die Gnad verdient?« –
»I hilf dir, weil du brav gesinnt.
Mei Gsind is nämli net so fromm
Und brav wia du – di muaß i lobn.
Mach nur so weiter, wia bisher,
Dann bist auf oamal aa no wer.« –
Die Ruth, die is ganz glückli hoam,
Doch d' Muatta sagt: »Woaßt, was i moan?
Der Booz, der hat a Aug auf di,
Sag ja net naa, dees sag dir i.«
»Auf mi? – Die arme Kirchenmaus?
Geh, schlag dir die Gedanken aus
Und mach mi net unnötig hoaß –
Verwitwet is er, was i woaß.
Wenn er mi heiratn taat vom Fleck
So gang i doch von dir net weg.« –
»Mei Kind, so derfst ma nimmer redn,
Zwegn mir derfst net dei Glück zertretn.« –
»I glaub ja, daß ers doch net tuat,
I habs als Magd doch aa ganz guat.« –
»No ja, dann überlaß i's dir –
Bescheidenheit is deine Zier!«

Die Ruth nimmt gern auf sich die Plag
Und arbat fleißig jeden Tag.
Für alle Mägd, de wo sie gsehn,
Is sie das beste Beispiel gwen.
Und wia die Erntezeit vorbei,

Da sagt der Booz: »Du werst mei Wei!
I kann koa bessere Bäuerin kriagn
Und dann brauch i no was für d' Wiagn,
Aufpassen tuat scho wer dafür,
Dei Schwiegermuatta kimmt zu mir,
Dann habn ma mitanand die gleiche,
A andere Schwiegermuatta scheuch i.
Brauchst gar net ja sagn, brauchst bloß nicka –
Der Himmel werd sein Segn scho schicka.«

Könnts euch wohl denka jetzt den Schluß –
Dees Angebot war ja koa Buß,
Sie braucht sich ja bloß seinetwegn
Oafach ins gmachte Bett neilegn.
Worauf die Ruth in Frieden ruht,
In Boozmanns Armen, das tut gut.

## 27. Der guate Heli-Vater
## oder
## Wia der Samuel Pfarrer wordn is

Gern möcht ma nachanand erzähln
Und stimma solls und nix soll fehln.
Vom Heli und vom Samuel
Gibts aa was zredn, du, der war hell.
Hellhörig moan i und sei Muatta,
De hat bald gmerkt, der werd a Guata.
Der muaß amal was Bessers wer'n,
Sogar der Pfarrer hat'n gern,
Der Hohepriester war 's, der Heli.
»Den tuast zu mir für alle Fälle!«
Hat der bestimmt, »der paßt zu mir.
I lern eahm was und sorg dafür.« –
Denn seine Buabn, de taugn net viel,
Weil koana was Gscheits lerna will.
Der Samuel war auserkorn,
Drum is er Pfarrerlehrbua wor'n.

Und weil er halt so brav und guat,
Habn d' Heli-Buabn auf eahm a Wuat.
Mei Liaba, dees warn Taugenix,
A jeder hat da scho a Schix,
Mit fuchzehn Jahr, da muaßt grad schaugn,
Und daß de Menscherln net vui taugn,
Dees kannst dir denka – solche Biester
Ghörn net ins Haus vom Hohen Priester.
Einbrocha habn die Buabn und gstohln,
Der Vater hätts halt flachsen solln,
Dann hätt er s' vielleicht normal gricht'.
Und weil er seine Vaterpflicht
An seine Sprößling, de so wild,
Hat sozusagen nicht erfüllt,
Drum hat ihn auch der Herrgott gstraft.
Als Richter hätt er ghabt die Kraft,
Hat auch gut ausgeübt sein Amt,
Bloß bei de Buabn – da hast nix gspannt.
Drum habn mit Recht gsagt alle Leut,
Der soll die Sein' maßregeln gscheit,
De strotzen ja vor Liederlichkeit.
Der Samuel hat s' oft ertappt
Und ganz an schweren Standpunkt ghabt.
Kaum hat er was zum Heli gsagt,
Dann habns 'n glei beim Belli packt
Und umananda ghaut mi'n Stecka,
Eahm glangts scho, wenns 'n so derblecka.
Und überzeugt von dene war er,
De Pfarrersbuabn werdn koane Pfarrer.
Da muaß ma si scho anders führn,
Net solche Stückeln inszeniern.
Zum Beispiel bei de Andachtsstunden
Habn s' glei Raketenfrösch ozunden

Und mitten unter d' Leut neigschmissen,
Und wenns de hat vor Schreck glei grissen,
Habn s' glacht: So schlecht is euer Gwissen!
Dann habn s' an Meßwei' hoamli trunka,
Habn Bettler ausgspott' und san ghunka.
An Tabernakel habn s' verschmiert,
Ins Ewige Licht Vitriolöl grührt,
Die Kirchatür, de nageln s' zua,
Und solche Klagen hört ma gnua.
Dem Heli-Vater wars so arg,
Er hat net bet: »Herr mach mich stark,
Damit i s' richti dreschen ko!« –
Um Nachsicht bitt der guate Mo.
»Verwandle ihre böse Seel,
Daß s' so werdn wia der Samuel!« –
Dees wollt der liebe Gott net hörn,
Und oamal nachts – ganz weit von fern –
Hört Samuel seinen Namen laut,
Da hat er zu sein Herrn neigschaut.
»Hochwürden wünschen S' was von mir?« –
»Naa Bua, hab net verlangt nach dir!« –
Doch wia er wieder schlafen geht,
Hört er die gleiche Stimm, wia s' redt
Und deutli klingts nach »Samuel«,
Da lauft er wieder eine schnell
Und fragt: »O Herr, was soll i bringa?«
»Wenn i was brauch, wer i schon klinga!« –
»Hochwürden habn mein Nama gnennt,
Sunst waar i ja net einer grennt.
Zwoamal hab i dees iatz vernomma.« –
»Wenn dieser Ruf sollt wieder komma,
Dann fragst ganz oafach: Ja, was is 's?
Kimmt dann a Antwort, woaßt as gwiß,

Daß 's net bin – iatz leg di hin.«
Kaum liegt er, kimmt die gleiche Stimm
Und ruaft glei dreimal »Samuel!«
»Wer is denn dees, du meine Seel?«
»Ich bin der liebe Gott persönlich!
Du aber bist mir zu gewöhnlich.
Du hast kein Recht im Haus zu schlafen,
Das überlasse nur den braven
Bluteigenen Söhnen dieses Herrn,
Die sind erwählt, die hab ich gern!
Du bist ein angenommenes Kind,
Steh auf vom Lager und verschwind!«

Der Samuel is ganz verstört,
Daß er so was vom Himmel hört.
Scho will er aufstehn und will naus,
Da kommt der Heli-Vater raus
Und fragt: »Was is denn eigentlich los?« –
»Woaß net, Hochwürden, Gott is groß
Und i bin nix, dees woaß i wohl,
Doch daß i 's Haus verlassen soll,
Weil i net bin wia deine Söhn,
Dees find i eigentlich gar nicht schön.« –
»Moanst du, dees hat der Herrgott gsagt?
Hast richtig ghört? – Hättst nomal gfragt!« –
Da ruaft der Samuel ganz laut:
»Ich, Samuel, der auf dich vertraut,
Du lieber Gott, sags nochmal klar,
Verschwinden soll ich? – Is das wahr?« –
Da kommt als Antwort lang und hohl:
»Glaubst du, ich sag es zweimal wohl!
Du sollst sofort das Haus verlassen,
Sonst jag ich dich durch alle Gassen,

Und wenn du meinst, das is ein Scherz,
Verhau ich dir noch deinen Sterz!« –
Gleich drauf hört man ein leises Kichern.
Und Heli sagt: »Laß dir versichern,
Niemals redt so der liebe Gott!«
Im Nebenraum war das Komplott,
Denn oana von de Heli-Bengel,
Dem heilig weder Gott noch Engel,
Hat so den Samuel erschreckt,
Die Schwindler hat ma schnell entdeckt.
Der Samuel im heiligen Zorn
Is auf amal ganz anders wor'n.
»Hochwürden, wennst as iatz net haust,
Tuas i, wennst as mir anvertraust.
I hab ja no koa niedere Weih.«
Und am Krawattl packt er s' glei,
Gibt eahna links und rechts vier Schelln,
Daß s' gstreckterlängs ins Eck neischnelln.
Dees hat an Heli infiziert,
So daß er aa ganz zornig wird
Und glei an Ochsenfiesel holt,
Die zwoa Halunken so versohlt,
Daß grad so wimmern in der Nacht,
Da hat der Herrgott wirkli glacht.

Und gholfa hats – nach dene Prügel
Hat er die Burschen fest am Zügel,
Denn fürchten teans des Vaters Zorn –
Sie san sogar ganz handsam wor'n.
Habn aa den Samuel respektiert,
Den wo der Heli adoptiert.

Im nächsten Kriag, der net lang dauert,
San s' gfalln – ma hats sogar betrauert.

Und wia der Heli plötzli gstorbn,
Da is der Samuel Richter wor'n.
Und wia ins Land san die Philister,
Bet er zu Gott als Hoher Priester,
Bis er an Donner runter schickt,
Daß jeder Mensch im Land derschrickt.
Die Blitz verbreiten solche Liachten,
Daß die Philister 's Erdbebn fürchten.
Ganz schnell verlassen sie das Land
Und von am Feind hast nix mehr gspannt.
Der Himmel, der werd wieder hell,
Und ausgmacht hats der Samuel.

Lang is er Richter und Pfarrer gwen,
Da wollt das Volk noch außerdem
Wie alle Völker an König habn,
Der wo regiert den ganzen Stamm.
Zwar hat der Samuel wohl gfragt,
Ob eahna Gott nicht mehr behagt?
Der is doch König über alle?
Doch Gott hat selbst in diesem Falle
Zu ihm gsagt: »Salbe du nur einen,
Den ich dir schick. Ihr sollt nicht meinen,
Daß ich mich selbst um alles kümmer,
Den irdischen Führer braucht ma immer.
Du wirst zu alt, kommst in die Jahr,
Stell nur den Saul als König dar!«

Und wirkli kimmt am andern Tag
Der junge Saul und hat a Frag:
Ob er was angstellt hätt? Was 's is?
»Nix!« sagt der Samuel, »König bist!«
Und setzt eahm Krona nauf aufs Haar,
Obwohl der Saul ein Mißgriff war.

## 28. Der Kloa und der Groß
## oder
## Wia der Davidl den Goliath umgschmissen hat

Bestimmt is euch doch all mitnand
Die Gschicht vom Goliath her bekannt,
Der wo sich mit sei'm großen Maul
So aufgführt hat vorm König Saul.
»Zu mir soll nur grad oana kemma,
Dann wer' ih'n glei in Bodn neirenna!
A jeder liegt bei mir glei unten,
Er kimmt net über die ersten Runden!
I schaug'n o, scho kann er sterbn!«
So hat er nüber plärrt zu eahm.

Er war der stärkste der Philister,
Und naufglangt hat er bis zum Lüster.
So groß und broat is koaner gwe'n.
Wo der mit seine Huaf hi'tre'n,
Da is siebn Jahr koa Gras mehr gwachsen,
So schwaar warn seine Trittlinghaxen.

Und panzert war er no dazua
Vom Kopf bis zu de Eisenschuah.
Mei Liaba, da macht jeder kusch,
An Stahlhelm mit an Federbusch
Und dann an Spieß, du, da derschrick,
So wia a Wiesbaum lang und dick,
Und wia a Haustor war sei Schild,
Ja, Herrschaftsnei', war der Kerl wild.

Und weil er sich der Kraft bewußt,
Schreit er zum Saul: »Wer hat a Lust?
Wer hat a Schneid von deine Leut
Und kimmt als Brotzeit zu mir her?
I hab a Kraft als wia a Bär.
Gehts her, ös Schneitzer, wenns was wollts,
Dann mach i aus euch Bündelholz!

Mei, habts ihr Bolln – na wolln ma sehgn,
Ihr könnt es auch no überlegn
Bis morg'n. Müaßts halt no Knödel essen,
Vielleicht werds stärker unterdessen!«

Der König Saul hat Heerschau ghalten
Und inspiziert die Kriegsgestalten,
Ruaft aus und rum im ganzen Korps:
»Was is denn, Leut? Freiwillige vor!«
Da sieht ma jeden auf d' Seiten renna,
Damit die Freiwilligen vortretn könna.

Denn jeder hat sei Lebn zu gern
Und denkt: rauf liaba du mit eahm! –
Laut aber hat dees koana gsagt,
Da hat man den Appell vertagt.

Am andern Morgen, in aller Fruah,
Setzt eahm der Goliath wieder zua:
»Was is mit euch? – Is koana do?
Dann stupf i enk scho am Popo.
Habts iatz seit gestern no koan gfunden?
Wo habts'n den, den müaden Kunden,
Der wo mi schmeißt, der gewinnt an Kriag
Und werd der Höchste im Gebirg.
Wenn i natürli Sieger bleib,
Dann seids verlorn mit Mann und Weib.
Dann hol ma euch als Sklaven hoam.
Mehr seids net wert – iatz suachts euch oan,
Der wo sich zu mir herer traut,
Dann werd er von mir zsammaghaut.«

Die königlichen Potentaten
Habn ängstlich hin und her beraten:
Was tean ma denn? – Gibts wirklich koan?
Ja, leucht dem Knallprotz koana hoam? –
»Es geht net, Majestät – ausgschlossen!
Mir habn ja nirgends so an Großen.
Der Längst vom ganzen Glasscherbnviertel,
Der geht eahm höchstens bis zum Gürtel.
Und bloß mi'n Sabel und mi'n Speer
Da werd dem Lackl koana Herr.
Den Ringkampf taan ma sauber büaßn,
Da muaßt mit der Artillerie drauf schiaßn.
Doch mir habn 's Pulver net erfunden –
Der ghört mit Dynamit o'zunden.«

»Was is?« schreit drübn der Goliath,
»Habts scho oan ausgmacht, hoher Rat?
Wo is er denn, der große Held?

Der wo sich mir gegenüberstellt?
Glei kann er seine Watschen fassen.
I möcht amal oan durchschaugn lassen!

A traurigs Volk! Dees kann ma sagn,
Net oana laßt sich weggatragn.
Habts Angst um euer bissel Lebn?
Dann könnts den Kriag ja glei aufgebn.
Hier steht der Riese Goliath!
Ihr seids ja feig und net auf Draht,
Sunst waar bestimmt scho oana kemma
Und taat mit mir den Kampf aufnehma.
I gib euch nomal Zeit bis morgn,
Dann is der kalte Kriag verlorn.«

Der König Saul zreißt schier sei Gwand,
So aufgregt schaugt er umanand:
»Ja, wills denn wirkli neamd riskiern,
Dann muaß eahm i no oane schmiern! –
I kann mi doch net selbn blamiern!
I laß euch alle pensioniern,
Wenn sich jetzt bald net oana findt,
Der wo dem Kerl as Maul zuabindt.
Dees sag i euch als Majestät –
A so a Schand vertrag i net.«

Der König werd fuchsteufelswild,
Da hat der David Zither gspielt,
Damit er sich besänftigt wieder.
Der aber schreit den Buam glei nieder:
»Mit dem Gezupf, da hörst iatz auf,
Hau du eahm oane am Rüassel nauf!« –
»Wennst moanst?« sagt drauf der David schlicht,

»Dann tua i's halt – i fürcht ihn nicht!« –
»Mei Bua«, sagt drauf zu eahm der König,
»Bist übergschnappt? – Spinnst du ein wenig?
Der is so groß als wia a Haus,
Für den bist du ja nur a Laus.
Was willst mit deine dreizehn Jahr?
Begibt dich ja nicht in Gefahr.
Die stärksten Krieger – siehgst as ja,
San net zum habn – is koana da.
Net oana bringt für mi dees Opfer.
Da möchst eahm du sei Mundwerk stopfa?!« –
Der David sagt: »Warum denn net?
Dees siehch i dann scho, wenns net geht.
Mir lassen uns doch net beleidigen!
Ma muaß doch 's Vaterland verteidigen!«

»Ja, wenn er positiv dees wui,
Dann, Majestät, habn mir dees Gfuih,
Mir nehma an David her zur Not
Als letztes jüngstes Aufgebot.
Wenn den der Goli zsammahaut,
Dann hat sich wenigstens oana traut.« –
Da sagt der König Saul: »Meintwegn!
Dann laß mas halt in Gottsnam' gschehgn.
Feldwebel von der Rüstungskammer,
Richt glei an David richti zsamma!«

Der war dees Eisenzeug net gwöhnt,
Und 's Handwerk hat er gar net kennt.
Die Rüstung war ihm eine Last,
Sie hat eahm hint und vorn net paßt.
Und wias 'n naus aufs Schlachtfeld führn,
Kann er kaum geh' und grad marschiern.

Mei, David – wia a damischer Ritter,
So schaugst iatz aus – der Gang werd bitter.
Der Goliath, der siehcht ’n kemma:
»Ihr spielts ja glatt mi’n blanken Zehner!
Der woaß, scheints, gar net, wer i bin,
Was habts denn in dem Blechgschirr drin?
Habts net oan hint, der no is woacha?
Was wollst denn mit dem kloana Soacha? –
Den habts, scheints, vor a Stund erst bacha.
Nur her damit, dann gibts was z’ lacha.«

Da schmeißt der David d’ Rüstung weg –
Sogar der Spieß fliagt nei in ’n Dreck –
Hebt auf vom Bodn drei Kieselstoa –
Mei Gott, was macht er denn, der Kloa? –
Nimmt in die Händ sei Schleuder bloß
Und geht so auf den Riesen los.
Da lacht der Goliath: »Ha ha ha!
Ja mei, wer tommerle denn da?«

»Dees werst glei sehgn!« sagt drauf der Bua
Und geht auf eahm no näher zua.

»Bleib steh, du kloana Wiedehupf,
Weil i di wia an Schmalzler schnupf.
Da brauch i ja bloß oamal niaßn,
Dann könna s’ für die Bleamel giaßn.
Oa Patscher gilt als Jenseitssendung,
Der zwoat is scho Leichenschändung.«

Der David legt an Stoa auf d’ Schleuder:
»Jatz halt dei Fotzn, dees is gscheiter!
Lang werst du nimmer aufrecht steh,

Dei Gschroamaul werd dir glei vergeh!«
Mit »Hui« laßt er an Kiesel fliagn,
Der trifft an Goliath grad ins Hirn,
Und weil bei dem so viel net drin,
Bremst sei Verstand und haut ’n hin.
Ja, umgfalln is er wia a Sack,
D’ Philister schrein: »Ja iatz werds Tag!?
Hat denn der Lauser wirkli troffa?
Dann brauch ma auf koan Sieg mehr hoffa.
Denn wenn der Kleanste scho von dene
Den Größten umschmeißt, notabene,
Dann wart ma nimmer auf die andern,
Da hoaßts iatz sausen, net bloß wandern.«
Und jeder schreit: »Hast ghört, mir gangst«
Und rennt davo vor lauter Angst.

Ja – so gehts meistens auf der Welt,
Wenn oana sich z’ hoch aufestellt.
Auf oamal werd er wieder kloa
Und stolpert über an Kieselstoa.
Der Groß soll nia den Kloan verachten,
Denn grad der Kloa, der is ’s, der macht ’n
Und laßt ’n schließli wieder falln.
Fürn Hochmuat muaß a jeder zahln.
Dees siecht ma aa oft bei de Wahln.
Doch soll auch brav und recht bescheiden
Der Kloa den Großen nicht beneiden.
Denn kimmt der Kloa aufs hohe Roß,
Dann gehnga s’ allsam auf eahm los.

## 29. Der Saul auf'm Gaul
## oder
## Wia der Jonathas zum David ghalten hat

Der Blitzsieg über'n Goliath
War eine unerhörte Tat.
Jetzt war der David Favorit
Und reißt begeistert alles mit.
Da wo er gseghn werd, gibts Applaus,
an jedem Eck, vor jedem Haus,
An jedem Stammtisch werd halt gredt:
»An bessern gibts ganz oafach net!
Wenn unser David waar net gwesen,
Dann waarn ma allesam' verlesen.« –
Der König Saul in seiner Burg
War sozusagen unten durch.
Dem hat glei gar neamd mehr was wolln,
Drum is eahm aa der Giggl gschwolln
Vor lauter Neid, und mit der Zeit
Hat er a Wuat kriagt auf den Buabn,

Weil er das Volk direkt im Sturm
Beim Einsatz gegen Goliath
Wie man so sagt – erobert hat.
Den David hat koa Hochmut triebn,
Brav und bescheiden is er bliebn.
Er hat sei Zither weiter gspielt
Und sich als Unterhalter gfühlt
Beim König Saul und halt sei Maul.
Bloß wenn der gsagt hat, er soll singa,
Dann hat er nei'glangt mit de Finger
Und seine Liada selbn begleit'.
Dees hörn natürlich drauß die Leut
Und bleibn am Fenster drunten stehn:
»Wir wollen unsern David sehn!«
Da moant der David: »Majestät,
Schauts Ihr doch naus – i zoag mi net.«

Der König Saul geht zum Balkon,
Doch hört er keinen Beifallston.
Im Gegenteil – pfiffa habn a paar,
Was durchaus keine Ehrung war.
Ja, oana schreit sogar verwegn:
»Geh schleich di – di will koana sehgn!
Verschwind und laß di nimmer blicka,
An David sollst uns außaschicka!«
Ja, 's Volk is grausam, dees woaß jeder
Und hängt sei Fahndl nach'm Weder,
Solang alls guat geht, paßt der König,
Wenns nimmer stimmt, gilt er koan Pfennig.
Drum hat er mit ganz schlechtem Gwissen
Sein Speer packt und zum David gschmissen.
Der hört den Spieß rechtzeitig surrn
Und denkt: Auweh, iatz derf i spurn,

Der König trachr mir nach'm Lebn.
I will koa Ärgernis mehr gebn.
Mit seiner Zither rennt er weg,
Findt in de Berg drin ein Versteck
Und laßt sich ganz unhäuslich nieder,
Singt net amal mehr seine Lieder,
Damit ihn ja koa Mensch mehr hört
Und er an König nimmer stört.
Rechtschaffen hungert er sich durch,
Der Jonathas war auf der Suach
Und stöbert ihn nach langem Lauf
Zum guaten Glück halt doch no auf.

Er war vom König Saul der Sohn
Und sagt zu eahm: »'S is zwar a Hohn,
Wenn i zu dir kimm in dem Fall,
I aber denk da ganz neutral.
Mei Vater hats aa net so gmoant,
Und hat sein Spieß scho wegga gloahnt.
Sei wieder guat und kimm mit mir,
Das ganze Volk verlangt nach dir.«

Kaum warn sie wieder drin im Schloß,
War wieder amal der Teufel los.
D' Philister san im Sturmschritt kemma
Und wollten alle gfanganehma.
Da is der David wieder auße
Und schlagts – grad in der Brotzeitpause.

Jetzt war natürlich all's für eahm:
»Der David, der soll König wer'n,
Der Saule bringt ja doch nix zsamm,
Mir wolln bloß mehr an David habn.«

Da geht der Saul aufs neue her
Und schmeißt nach eahm sein goldern Speer.
Der David hupft halt grad no wegga,
Der Spieß bleibt in der Stubntür stecka.

»Mei' Vater!« sagt der Jonathas,
»Warum hast du denn so an Haß?« –
»Du dummer Bua«, sagt drauf der Saul,
»Im Denka bist du ziemlich faul,
Der junge Kerl nimmt doch dir
Das Königreich, das ich regier!
Was soll ich sonst dir übergebn,
Wenn i amal beschliaß mei' Lebn?« –
»O mei«, sagt drauf der Jonathas,
»Ich bin nicht scharf auf so etwas,
Vielleicht verdient er diese Würde,
I bin zwar königlich gebürte,
Doch meintwegn brauchst mir nix vererbn!« –
»Dann«, schreit der Saul, »sollst aa mit sterbn!«
Und wieder schmeißt er jetzt sein Spieß
Auf oan, der bei der Tür drauß is.

Dort wo der David sich versteckt,
Kimmt aa der Jonathas und bleckt:
»I schaam mi beinah bis in Grab,
Daß i a so an Vatern hab.«
»Mein lieber guter Jonathas!«
Seufzt drauf der David, »das is was!«
A Stund lang woana s' zsamm mitnand,
Dann knüpfen sie ein Freundschaftsband.
»I gib dir's Wort – mir halten zsamm,
Weil mir koan Groll mitnander habn.
Die Kinder und die Kindeskinder

Solln ohne Kriag lebn – dees is gsünder.
Am liabsten bleib i glei bei dir!« –
»Naa, geh nur hoam und glaub es mir,
Der Vaterzorn is scho verraucht,
I glaub sogar, daß er di braucht.«
»No ja, wennst moanst, dann geh i halt,
Und denk dabei, mir sehgn uns bald,
Ich bin zwar selber Königssohn,
Doch gönn i dir amal den Thron,
Denn erstens mögn dich alle Leut
Und i hab zum Regiern koa Freud.
Auf alle Fäll tua i dir Post
Und wenns mi aa mei Leben kost.«

Der König Saul laßt unterdessen
Für d' Reservisten 's Gwand omessen
Und schickt s' als Feldgendarmerie
In jede kloane Ortschaft hi'.
»An David her!« war sein Gebot,
»Lebendi bringa oder tot!«

Da sieht ma's, was der Neid bewirkt,
Wenn oana so a Wuat drauf kriagt,
Und wia ma im Charakter sinkt,
Daß er sogar dem König stinkt.
Dees hoaßt so viel, daß er ihm raucht
Und zwar gewaltig. – Hätt's dees braucht?
Daß er den David oafach glei
Erklärt so quasi vogelfrei?
Natürlich sieht er wackeln schon
Den angestammten Königsthron,
Drum handelt er so im Affekt,
Der David hat sich gut versteckt.

Der Jonathas suacht seine Freind,
Und jedem, der eahm guat gnua scheint,
Gibt er an Tip, wo man ihn trifft,
Bevor sei Vater Unheil stift.
Auf de Weis warn beim David bald
Vierhundert Mann im Hinterhalt,
Z'höchst auf'm Berg drobn war sei Nest
Und alle halten s' zu eahm fest.
Er kimmt sich mitten in dem Chor
Schier wia a Räuberhauptmann vor.

Der König Saul hats bald erfahrn,
Daß mehr bei eahm am Berg drobn warn,
Und selber mit dreitausend Mann
Pirscht er sich an den Berg heran.
Er kommt bloß bis zur Dämmerung,
Die zwingt ihn zur Belagerung.
Schnell habn s' rundrum die Zelt aufgschlagn,
Dann hat man den Befehl austragn:
In aller Fruah um fünf Uhr zehn
Werd blasn und zum Sturm o'tre'n!

Natürli habn die drobern gmerkt,
Wer drunt im Tal so umma werkt –
Und oana moant mit viel Gegrunz:
»I hab dees Gfühl, de moana uns.
Wenn jeder von uns siebne naahm,
Glaub i, daß koana aufa kaam.«

Da sagt der David: »Liabe Leit,
I hoff, es kommt gar net so weit,
I woaß zwar selber no net wia,
Mei Waffenträger geht mit mir.«

Und mitten in der finstern Nacht
Habn sich de zwoa auf d' Socken gmacht,
Net laut, ganz langsam, aber sicher
San s' vor wia d'Indianer gschlicha.
Und richtig kemma s' stad und sacht
Zum Campingplatz, der stark bewacht.
Und dort, da wo der König zeltet,
Habn sie sich gar nicht angemeldet,
Sie san ganz oafach nei zu eahm,
Der liegt im Bett – denkt net ans Sterbn,
Derweil is eahm der Tod so nah,
Der Abisai steht scho da
Und ziahgt sein Sabel aus der Schoad.
»Er tuat dir hoffentlich net load,
Wenn i eahm glei sei Liacht ausblas.« –
»Halt!« sagt der David, »Jonathas
Is unser Freund und er sei Vater,
Na na – mir macha koa Theater,
In meine Händ waar er ja gebn,
Doch laß ma'n liaba no am Lebn.
A König is a gsalbter Mo,
Respekt hab i da allwei no.
I hab an ganz an andern Plan,
Jatz gehn ma wia ma kemma san.
Sein Maßkruag nehm 'ma und an Spieß,
Dees was eahm 's Allerliabste is.«

Wia Wachsoldaten san s' im Schritt
Durch das Belagerungsgebiet,
Sie habn sogar an Posten gweckt,
Der gschlafa hat und gach derschreckt:
»Mir san die Ronde! – Meldung macha!
Morgn kriagst die drei Tag Mittel nacha.«

Kurzum mit »Frechheit, steh mir bei!«
San s' kemma bis zur letzten Reih
Und nauf a'm Berg zu ihrer Schar,
Wo »David« die Parole war.
Der jodelt drauf ins Tal hinunter,
Da werd dem Saul sei Feldherr munter,
Und schreit in d' Höh: »Wer jodelt drobn?
Der König schlaft – Ruah will i hobn!
Ihr werds es no' derwarten könna,
Bis mir euch 's Messer einerenna!«

Der David darauf: »Hollarodidi,
A glatte Niatn bist für mi.
Du hast dein König schlecht bewacht,
I war bei eahm in dera Nacht,
Schau nach, du hast net Obacht gebn,
Sei Spieß loahnt nimmer drin danebn,
Mach koane Sprüch – daß i net lach!«
Da werd der König selber wach,
Schaugt hin auf den gewohnten Fleck,
Sei Spieß is mit 'n Maßkruag weg.

Da hat der König Saul erkannt,
Sei letzte Stund war gnau beinand,
Hätt er den David nachts getroffen,
Dann hätt der gwiß nix ghabt zum Hoffen.
Wia guat hats der dagegen gmoant
Vor so viel Gnad und Edelmuat.
»Davidl, san ma wieder guat
Und kimm zu mir ins Königshaus,
Bring d' Zither mit – der Kriag is aus!«

Im Nu warn de vom Berg herunten
Und Fackeln habn s' im Tal ozundn,

An David hat der Saul umarmt:
»Vergelts Gott, daß du dich erbarmt
Und wenn di 's Volk als König will,
Dann tritt i zruck, geh' ins Exil.«
Der David sagt ganz einfach schlicht:
»Ich nehm dir deinen Posten nicht,
Solang du lebst, bleibst du am Ruader!« –
»David, du bist scho ganz a Guata,
Drum wünsch i, daß dir recht guat geht!«
»Ja, wolln ma's hoffen, Majestät!«
Und wia s' no redn, blast auf amal
Das angeordnete Sturmsignal.
Der David fragt: »Was is dees gwen?«
»Nix«, sagt der Saul, »bloß fünf Uhr zehn.
Da wollt ma z'erscht zum Kampf o'tre'n,
Gesiegt hast du und nix is gschehn.«
Die Sauler und die Davidleut
Sagn Gott sei Dank und habn sich gfreut.
Die Musi spielt Dumdideldei,
Der Jonathas war aa dabei.

Gel', so a Lösung sollts im Lebn
Aa bei de Völker öfter gebn.

## 30. Der David als König
## oder
## Wia ma richtig regiert und doch sündig werdn ko

Mi'n Tod muaß jeder 's Lebn no zahln.
Die Männer müassen meistens falln,
So ähnlich wia der Jonathas
Im Kampf mit der Philisterraß.
Und dees hats leider aa scho gebn,
Daß oana selber nimmt sei Lebn.
Der König Saul, der hats verkürzt
Und is ins eigne Schwert neigstürzt.
Wia er dees gmacht hat, woaß i net.
Vielleicht hat er ans Fensterbrett
Sein Sabel gnagelt und hat dann
Mit »Auf, dahi' gehts jetzt, wohlan«
An Olauf gnomma und rennt vüri,
So ähnli wia beim Harakiri.
Daß nachha d' Leut um eahm rum stehnga
Und sehgn, wia eahm die Darm raushänga,

Dees hat sich er net überlegt.
Es hat aa koana gwoant und bläckt
Und gsagt: Der Saul, der war beherzt,
Die Achtung hat er sich verscherzt.
Er war als König bald vergessen,
Scho weil s' an David unterdessen
Habn neizogn in die engere Wahl,
Die Anwartschaft war längst der Fall.
All's hat 'hn wolln, da brauchst bloß fragn,
Drum habn s' eahm glei an Thron otragn.
Von draußd san d' Burgermoasta kemma
Und tean ahn glei auf d' Schulter nehma.
Durch alle Straßen habn s'n gführt
Und 's ganze Volk hat jubiliert.
Die Krönungsfeier war a Pracht,
Und Tag und Nacht habn Böller kracht.
Net oana hat beim Feiern gfehlt.
A'n neu'n Palast habn s' eahm hi'gstellt,
Da wo er drinnen residiert,
Und alle habn ihn estimiert.
In Purpur san die Fürstensöhn
Rei'gritten auf Jerusalem,
Und gsunga habn s': Heil David, heil!
Ein langes Leben sei dein Teil!

Der David, der hat Zither gspielt,
Dem Volk fast jeden Wunsch erfüllt.
Die Gfangenen hat er amnestiert,
Er hat si wirkli guat eingführt,
Denn was koa Mensch hat könna fassen,
Die Steuern hat er zruckzahln lassen.
In Zukunft, sagt er, vom Ertrag
Kann jeder einzahln, was er mag.

Da war vielleicht a so a Trubel
Vor lauter Freud und lauter Jubel.
Und obst as glaubn willst oder net,
Ma merkt, daß trotzdem Geld eigeht,
Viel mehr als früher, denn die Leut
Habn direkt gstift aus Dankbarkeit.
Wahrscheinli aa, weil s' alle denka:
Jatz könn ma unserm Staat was schenka.
Denn was der Mensch freiwillig zohlt,
Is net so, wenn mas zwangsweis holt.
So wia zuvor die Steuerbüttel
Fürn Staat habn eitriebn alle Mittel.
Und viele Beamte kann er sparn,
Weil Grichtsvollzieher abgschafft warn.
Goldstückeln bringa s', Edelstoana,
Der König muaß vor Rührung woana,
Wia jeder gibt für sei Regierung,
Damit er dasteht mit Verzierung.
Net bloß die Großen, aa die Kloana,
De wos besonders ehrlich moana,
Sie spenden was von ihrem Lohn.
Dees war a Opferprozession.
So hat der frühere Hüatabua
Beinander ghabt bald mehr wie gnua,
Hätt nia denkt, daß er König wird
Und so gewaltig avanciert.
Nur schad, daß er als großer Mo
Auf oamal fangt a Wohllebn o.
Er hat sich alles leisten könna,
Suacht sich als Weib die Allerschöna,
Und net bloß oane, kannst dir denka,
A jede möcht a Kind eahm schenka.
Nachglaufa san s' eahm hundertweis,

All's is für eahm voll Lob und Preis.
Von seine Buabn – Gott seis geklagt –
Hat jeder a andere Muatta ghabt.

Zwar hat er glebt mit diesen allen
Scheinbar nach Gottes Wohlgefallen.
Doch sucht er noch mit Lust und Sinnen
Nach weiteren Schönheitsköniginnen.
Und oamal siehcht er so fürbaß
Das Eheweib vom Urias.
De hat sich grad die Wadeln gwaschen,
So nauf und nauf lockts zum Vernaschen,
Und scho liegt dees Verhältnis klar,
Weil sie natürlich willig war.
Sie laßt sich gern mi'n König ei,
Ma muaß doch untertänig sei.

O David, was werd dees no wer'n,
Des Nächsten Hausfrau tuast begehrn?
Sie hat ihm aber bald was gflüstert,
Das hat ihn ziemlich arg verdüstert.
Verlegn ruft er den Urias
Und sagt: Geh hin und tu ihr was!
Doch der hat scheinbar scho was gspannt
Und hat sein Weib nicht mehr bemannt,
Damit er aussagn kann nach Wochen,
Der König David hätts verbrochen.
Der aber hat – weil d' Leut scho gredt –
So zwischen Dunkel und Siehgstminet
Den Urias – schier nicht zu fassen –
Oafach ums Eck rumbringa lassen.
Der Witwe hat er an Ehring bracht
Und gsagt, daß er an Vater macht.

Dees warn natürli schwere Sünden,
Und da muaß er sei Straf no finden.
Den Nathan schickt ihm Gott, der Herr:
»Nein, Majestät, so gehts nicht mehr!
Die Gschichten da mit deine Weiber,
Du bist ja schlimmer wia a Räuber.
Als König sollst di wirkli schaama!
Oafach den Mo auf d' Seiten raama,
Bloß daß dei Sünd net ruchbar werd,
Dees is a bissel mehr wia gschert.
Der letzte Bua, der kimmt von ihr,
Bleibt nicht am Lebn, das sag ich dir!
Und außerdem dei schönster Sohn,
Du kennst'n scho, dein Absalom,
Der werd dir nach dem Leben trachten
Und liefert dir no böse Schlachten.
Dees hast davo, weilst so verwegn
Drauf aus warst auf den Kindersegn.
Und jedsmal bei a andern glegn.
Ja – 's Jammern hilft nix, is scho gschehgn.«

So wias der Nathan prophezeit,
Obwohls der David arg bereut,
Is kemma, denn der Jüngste stirbt
Und Absalom, sein Sohn, verdirbt.

Der David is zum Ölberg ganga
Und wollt a ganz neus Lebn ofanga.
Vorm Nathan hat er sich beklagt
Und alle seine Sünden gsagt.

»Warum hab ich den Herrn beleidigt?
I woaß, daß koana mi verteidigt.

Heut siehch is ei – der Ruhm, dees Geld
Is doch dees gfährlichste auf der Welt.
Waar i a armer Hüater bliebn.
Dann hätt i niamals Unzucht triebn.
Denn so an notigen kloana Mo
Schaugn schöne Weiber gar net o.
A schlechter König, der dees tuat,
O Herr verzeih mir, sei so guat!
Mei Wort gib i dir heut no drauf,
I lös mein ganzen Harem auf.«

Der Nathan sagt: »Dees muaß net sei!
Im Gegnteil, de ghörn alle dei,
Du hast as gheirat ja bereits
Und kriagst damit scho no dei Kreuz.
Wart nur zehn Jahr, wenn d' Liab werd flauer,
De macha dir dei Lebn no sauer.
Wenn nix mehr Schöns an eahna is,
Dann hast dein Ärger und dei Gschieß,
Wenn koane mehr dir laßt a Ruah,
Mei armer David, dann hast gnua,
Wenn jede kimmt und bei dir schlaft,
Da werst no sagt: Mei, i bin gstraft!
Da gehst no auf und lafst davo' –
Mit oana hättst di leichter to!«

## 31. Absalom war ein Königssohn oder Wia oam der eigene Bua zuasetzen ko

Da gehts natürli nimmer glatt,
Wenn oam der eigene Bua mißrat
Und überall umananda plärrt:
»Mei Vater is koa Achtung wert,
Der hat bloß euer Geld verschobn,
Dees sag euch i, der Absalom.
Heut muaß er runter no vom Thron,
Mir macha Revolution!«
Und weil er jedem a Amt versprochen,
Da san s' mit ihm gleich aufgebrochen,
Habn auf der Straßen demonstriert,
»Der David, der ghört liquidiert!«

Der Königsvater war entsetzt,
So hat der eigne Bua ihn ghetzt.
Nach hintaus hat er flüchten müassn:

»Für was muaß i denn so arg büaßn?«
Ausgrissen is er mit die Sein,
Barfuaßat über Stock und Stein.
»O Absalom, mein Königssohn!
Is denn dees recht, wenns eigne Bluat
So grundabscheuli handeln tuat?
Mei eigne Schuld kimmt jetzt auf mi,
I siehgs scho – jetzt is alles hi.
Und wenn dees unser Herrgott will,
Gib i fürs ganze Volk net viel.
Denn mit seinm Hochmuat werd er bal
Anecken dort und überall.«

Na Gott sei Dank, net alle san
Vom David abgfalln, und der Plan
Vom Absalom is anders glaufa.
Drei wuchtige Abteilungshaufa
Habn s' ausgrüst und dagegen gschickt.
Der David sagt: »I hoff, es glückt,
Doch oans, dees müaßts ma unterschreibn –
Mei Bua, der muaß am Lebn bleibn!«

Sei erster Feldherr aber moant:
»I glaub, daß um den koana woant,
Dees Ehrnwort könn ma dir net gebn,
Du kannst eahm bloß an Dauma hebn,
Im Kriag geht drunter als und drüber,
Und wenns scho aus waar – mir wärs lieber!«

Mit Tschinbumbum und Täterätä
Gets naus ins Feld, dem Feind in d' Näh.
Der hat sich in am Wald verschanzt

Und da hat bald der Kriag drin tanzt.
Mit Lanzen, Pfeil und Skorpion
Habn s' bluati grauft um Davids Thron.
D' Oachkatzl habn am Baam drobn pfiffa,
Die Sperber habn aus der Luft ogriffa,
Die Wildsäu san dazwischengrennt
Und de habn Freund und Feind net kennt.
A Mordsmassaker is halt gwen,
A paar san schnell no übertre'n,
Sunst hätten s' alle durche to –
Ja wia ma nur so raufa ko?
Der Absalom, der schließli siehcht
Wia ma de Leut' an 'n Baam histicht,
Wollt auf an Muli schnell davo,
Damit er sich no retten ko
Vor der entfachten Kampfgefahr.
Da is er mit de langa Haar
Am ersten Ast glei hänga bliebn.
Der Esel hat si an Hintern griebn
Und lauft ganz störrisch unten weg,
Der Abs hängt drobn als wia a Zeck.
Die andern habn sich übergebn,
An Haut und Haar hängt iatz sei Lebn.
Ooa Häuptling sagt: »Der ghört derstocha!«
Der andere wehrt: »Mir habn versprocha,
Absichtlich soll eahm nixn gscheghn,
Man könnt'n höchstens überlegn.«
»Er war ein undankbarer Sohn
Und ganz a schlechter Absalom.«
So sagt der dritte Häuptling drauf:
»Da halt ma uns iatz gar net auf.«
Und scho durchbohrt er 'n mit sei'm Spieß,
Und weil er net ganz tot no is,

Habn ihn die Leut vom Baum rogrissen
Und solang mit de Stoa derschmissen,
Bis daß er zuadeckt war bis obn.
So endete der Absalom.

Wenns oam heut aufstoßt, ghörts zum Ton:
»Ja, Absalom war ein Königssohn!«
Koa Marterlinschrift und koa Kreuz,
A Stoanahaufa – der bedeuts,
Dees Schandmal für die bösen Kinder,
Umkemma is er wia im Schinder.
A Kriegskurier hat in der Nacht
Dem David Sieg und Meldung gmacht,
Daß leider auch der Absalom
Verdient hat den gerechten Lohn.
Wenn er scho' d' Leut in Tod neihetzt,
Ghört eahm dees gleiche z'schlechterletzt.
So habn die Hauptleut gmoant vor allm,
Da muaß der Hetzer aa mit falln.
Den David hat der Sieg net gfreut,
Obwohl ihn wieder seine Leut
Hoch aufe ghobn habn auf 'n Thron:
»Mein Sohn!« klagt er, »mein Absalom!«
Gwiß hätt der Bua kennt koa Erbarma,
Drum soll er sich net weiter harma,
Waar er mit Stoana net derschmissen,
Hätt er an Vatermord am Gwissen.
Dees muaß ma bei der Gschicht bedenka.
Gwiß taat der Vater s' Lebn eahm schenka
Zum zwoaten mal – dees is ja klar,
Weil er am Lebn mit schuldig war.
I find ja – ohne zu verhandeln
Den Absalom so zu verschandeln,

War aa net recht – warum so hassen?
I hätt ’n zwoa Stund zappeln lassen
Und d’ Händ zsammbunden. – D’ Leut taan renna
Und hätten eahm ins Gsicht schaun könna.
Bloß überstanden hätt ers kaum,
Der Absalom als Watschenbaum.

## 32. Der siebnmal gscheite Salomon
## oder
## Wia die richtige Muatta zum Kind kemma is'

Der David hat noch einen Sohn,
Das war der gscheite Salomon.
Der hat nach eahm a Kircha baut,
I sag euch bloß, da habn d' Leut gschaut.
Wia s' fertig war bis zum Podest,
Da war dees erste Kirchweihfest.
Der David hats no mit erlebt.
Kaum hats der deckte Tisch derhebt,
Und leider hat ma net erfahrn,
Daß d' Leut besonders mäßig warn.
Da hat ma allerhand auftragn,
Dees Beste was halt paßt fürn Magn,
Drei Tag lang hat dees Festmahl dauert
Zu Ehrn des Tempels, der frisch gmauert.
Die Leut habn Appetit bewiesen
Und zwischendurch auch Gott gepriesen.
Natürli habn s' aa tanzt und gsunga,

Dann wieder Knödl, Würst und Lunga,
Preßsack, Kartoffel und Haschee
Als Brotzeit gessen mit Juhee.
Grad lusti wars, fidel und schö,
Bei jedem siehgst an Bauch raussteh.

»So, iatz müaßts wieder an d' Arbat geh!«
Hört man den Salomon ermahnen
Als König seiner Untertanen.
»Drei Tag für Kirchweih is als Feier
Grad angemessen – glangt für heuer,
Im nächsten Jahr is jeder froh,
Da mach mas wieder grad a so.«

So findet der König Salomon
Für alle Fäll den rechten Ton.
Und hat er irgendwas entschieden,
Dann war ma mit seim Spruch zufrieden.

Amal da san zwoa Müatta kemma,
De mitananader streitn und flenna.
Die oane hebt glei o und klagt:
»I bin a Frau, sie is bloß Magd
Und hat a Kind kriagt so wia i,
A ledigs aa no – schauts nur hi,
Heut nacht, da is dees ihre gstorbn.
Is net dees Weibsbild so verdorbn
Und nimmt mirs meine weg im Schlof,
Legt mir als Bäuerin vom Hof
Des tote Bankert in mei Bett,
A so als ob is zsammdruckt hätt?«

»Herr König«, hat die andere gsagt,
»I bin zwar bloß a kloane Magd

Und hab mei Kind wohl ledig bracht,
Doch is dees ihre gstorbn heut nacht.
Es war ja gestern scho so arm,
Daß d' sagn hast müassn: Gott erbarm!
I kenn dees mei und dees hat sie
Mir austauscht und drum bitt i di,
Verhilf mir wieder zu meim Kind!« –
»Naa Majestät, de lüagt, de spinnt!
Hat überhaupt koa Recht, daß s' muckt,
Sie hat ihr eigns heut nacht derdruckt,
Denn sunst kaam s' nia mehr unter d' Haubn,
Kindsmörderin is s', dees derfst ma glaubn.
Dees meinige hat s' bloß entwendt,
Weil s' mir dees eheliche Kind net gönnt.« –
Da sagt der König Salomon:
»Bringt mir das Kind vor meinen Thron,
'S lebendige selbstverständli moan i!«
Und drauf bringas eahm die Kloane.
Es war a goldigs kernigs Madl,
Pausbackat und mit feste Wadl.
»So!« – sagt der König, »bringts mei Schwert,
Damit dees Kind schö aufteilt werd.
Weil jede sagt, es is dees ihre,
Ein Halbteil jeder drum gebühre.«
Zwoa Diener packas Kind beim Fuaßl,
Dees bricht nach unten s' letzte Muasl.
Der König schaut und merkt dabei
Am Mittelpunkt den Anschnitt glei
Und hebt den Sabel übern Kopf.
»Ach, laßts es lebn, dees arme Tropf!«
So schreit die Magd und fallt dazwischen,
Taat liaba selbn den Hieb derwischen.
»Naa!« sagt die andere, »teilts es nur,

Es is ja sowieso koa Bua.
Zwoa tote Hälften mögn s' dann sei,
Dann is net mei und is net dei!« –
»Um Gottes willn, o Majestät,
A halberts Kind – ja lieba net.
Gib ihr dees ganze doch lebendig,
Es ghört scho ihr – ich bin geständig.
Mei Kind is gstorbn – i hab heut nacht
Dees ihre weg und 's mei hi'bracht.«

»Dees wollt i hörn«, so spricht der weise
Herr König Salomon im Kreise.
»Die Teilung war von mir a Gspaß,
Und wohl a bissel hart und kraß.
Doch weiß ich jetzt durch diese List,
Wer von euch zwoa die Mutter ist.
Wenns scho die Magd zum Hergebn treibt,
Bloß daß ihr Kind am Leben bleibt,
Dann hat sie sich schon ausgewiesen,
Sie soll ihr Mutterglück genießen.
Und übernimmt dees Bauernguat,
Und Bäuerin is 's, de d' Arbat tuat.«

Daß dieser Spruch, so echt und klar,
Ein salomonisch Urteil war,
Dees moan i wohl, bezweifelt koana,
Der Salomon, dees war halt oana.
Viel waar heut besser – i möcht wetten,
Wenn mir no solche Richter hätten.

## 33. Der plattate Elisäus
## oder
## Wia der Wunderdokta mit de bösen Buabn aufgraamt hat

Der Haarwusch is vom Kopf die Zierde.
Der Vollbart gibt dazua no Würde.
Heut genga s' alle glatt rasiert
Und moana: dees is kultiviert.
Ums Keanzl rum macht jeder Schab,
Drum kann ma sagn: der Bart is ab!
Milchgsichter bleiche san ma wor'n
Und manche habn s' aa obn verlorn.
O'gehts mit de Geheimratsecken
Und dann gibts ganze Lausbahnstrecken.
Siehgst nachher bloß no Stirn und Hirn,
Dann kannst di glei mi'n Schwamm frisiern.
Mi'n Kampel brauchst net einefahrn
Fürs Haarschneidn kannst an Bader sparn.
Sonst wüßt ich keinen Vorzug nicht,
Der ganze Kopf is bloß mehr Gsicht.
De wo no Haarnachwuchs versprecha,

De wolln bloß habn, daß d' Leut recht blecha.
Vielleicht gelingts noch mit Atom,
Daß 's nachschiaßt auf der Platten drobn.
Die andern Mittel habn koan Wert,
Mit Taubndreck eireibn is verkehrt.

Im übrigen dees Firmament
Macht oan no lang net impotent,
Und wenn ma scho die Seine hat,
Dann sagts vielleicht: So gfallst ma grad.
Denn so was Ausgfallns gibts net leicht,
Das Hirn is ja nicht aufgeweicht,
Der Kopf wird, wenn er vor ihr sitzt,
Als Taschenspiegel mit benützt.

Tröst's euch – im Alten Testament,
Da hat ma aa an Glatzkopf kennt,
Und der war gwiß net innen hohl –
Der Elisäus wars, jawohl.
Nachfolger war er vom Elias,
Der grad so wia der Jeremias
Bekannt is gwesen als Prophet,
Der mitten unter de Leut drin steht.
Hoch gwachsen, aber koa Frisur,
Der ganze Kopf war oa Tonsur.
Ganz ohne Scheitel bis zum Buggl
Und glatt als wia a Billardkugl.

Die Alten habn ahn net verlacht
Und Achtung eahm entgegenbracht.
Im Gegnteil, wenn oam d' Haar ausgenga,
Habn s' gsagt, i glaub, dann lebt ma länger.
Im ganzen Gsicht hat er koan Schatten,
Drum is er hell auf seiner Platten.

Die junga Leut – mei, wia s' halt san –
Am liabern scho gern spötteln taan.
Zum Beispiel: Sag du, kennst'n net,
Den, wo beim Tag der Mond aufgeht?
Der geht grad no für unsere Alten.
Für de kann er sei' Predigt halten.
Er hat aa dene scho verzählt,
Daß er scho weit ins Himmelszelt
Hat nauf gsehgn bis zum Gottes Thron,
So wia sichs koana vorstelln konn.
Wia der Elias – sei Kolleg' –
Is gfahrn direkt vom Erdbodn weg
Mit überirdische feurige Roß
Er in der Chaisen und pretscht los
Und 's ganze Gspann fliagt grad in d' Höh',
Ganz gruslig war dees, aber schö.
Dees ganze Universum durch
Bis aufe zu der Himmelsburg.
Und fahrplanmäßig eingetroffen,
Sperrangelweit wars Tor scho offen.
Um Mitternacht hätt er dees gsehgn
Und koana hat dro zweifeln mögn.
Heut taan die Leut wahrscheinlich sagn:
Den habn Raketen aufetragn.
Bloß auf 'n Himmel hän s' net tippt,
Weil 's so a Fernrohr no net gibt.
Wenn oana aber Wunder wirkt,
Dann glaubn die Leut, daß er net lüagt.
Und 's Sprichwort hat sich nicht erfüllt,
Daß der Prophet im Land nix gilt.
Von überall san Kranke kemma,
Damit er sollt den Wehdam nehma,
Und mit »Vergeltsgott!« habn s' eahm dankt –

Für d' Sprechstund hat er nix verlangt.
Sei Diener aber, woaßt, der Gieze
Der war, was ma so sagt, a Strieze.
Hat an der Tür no d' Leut abgfangt
Und doch an Obulus verlangt.
Er hat sich gsagt: »Dees waar zum Lacha,
Da muaß ma doch a Gschäft draus macha.
Wenn er scho gar nix nimmt dafür,
Für was steh i denn an der Tür?«
Und wia amal a großer Herr
Von Syrien kimmt so ungefähr,
Mit Dienerschaft und Reisewagn
Und laßt sich vor sei Haus hitragn,
Lauft er zum Elisäus nei:
»Dees muaß a bsonderer Kranker sei,
Und guat waar's, wenn der Herr Prophet,
Glei selber raus zum Kranken geht.
Er soll an Aussatz habn und dann
A Krankheit wia a Lebemann.
Vielleicht auch wie ein Kavalier?«

»Ich geh nicht raus – ich bleibe hier,
Doch sage ihm, ich laß ihm raten,
Er soll sich mal im Jordan baden!« –
Der Gieze richt eahm dees glei aus,
Da schreit der aus der Sänften raus:
»Um in ein Gwasch hinein zu tauchen,
Da hätt i net da her fahrn brauchen.
Warum legt er mir d' Hand net auf,
Mein halbes Gold geb ich doch drauf!« –
Der Gieze sagt: »Ich nehm es gern
Und führe auch den gnädigen Herrn

Zum Jordan hin und nei a Stück,
Vielleicht habn S' doch damit a Glück!«
»Der Herr Prophet tut wie ein König,
Dem bin ich scheinbar viel zu wenig.
Mir habn dahoam viel größere Flüß –
I glaub, daß dees a Schwindel is.« –
Doch seine Leut, de redn eahm zua,
Da steigt er nei und macht de Kur.
Und wirkli wia er rauskimmt wieder,
Warn rein und sauber alle Glieder.
An gar koan hat eahm mehr was gfehlt.
Bewundernd habns'n glei umstellt.
»Gibts sowas aa no auf der Welt?« –
Dem Gieze gibt er ganz viel Geld
Und schöne Kleider für sein Herrn,
Und 's Trinkgeld, dees soll eahm no ghörn.
»Wenns er nicht will, daß diese Dinge
Ich selber ihm noch überbringe.
Mei' Zweifel soll ihn net verdriaßen,
I laß'n no recht dankbar grüaßen.«
Und weil er wieder aufrecht ko,
Steigt er aufs Roß und reit davo.
Der Gieze hat dees Sach glei weg
Und all's verstaut in sei'm Versteck.
Dann is er nei zum Elisäh.
Der sagt: »Verschwindt aus meiner Näh',
Denn mit dem Gold, das du genommen,
Ist auch das Gschwür auf dich gekommen.
Und dieses richtet dich zu Grund,
Waarst liaba arm bliebn, dann waarst gsund.«
Kaum hat er dieses ihm verheißen,
Da merkt der Gieze schon ein Beißen
Und nauf und nauf oa Gschwür am andern,

Da wollt er aa zum Jordan wandern
Und untertaucha bis am Grund:
»Herr, mach mi arm und wieder gsund!«
Doch er is reich bliebn, aber krank
Und um eahm rum war bloß Gestank.
Bis er sein ganzes Geld verteilt,
Dann glaub ich, war er auch geheilt.

Der Elisäus is dann fort
Und umzogn nach an andern Ort
Min Wanderstab, natürli z' Fuaß,
Scho weil er net viel mittragn muaß.
Da kemma Lausbuabn, woaßt, recht wild,
De habn grad Räuberbande gspielt
Und sich am Waldrand so versteckt
Und habn den alten Mo derbleckt:
»Jeh, den schaugts o, den Greis, den matten,
Der hat koan Wagn und doch an Platten!
I glaub, der is auf Reisen grad,
Weil er die Haar scho eipackt hat!«
Der Elisäus: »Schaamts euch net,
Ich bin doch schließlich ein Prophet!«
»A so schaugn s' aus mit ohne Bart,
Der mit de Rooß in Himmel fahrt.
Du alter Tritschler, brüchigs Haus,
Da rutschen sogar d' Filzläus aus.«
»Geht heim sofort und legt euch schlafen,
Sonst wird der Himmel euch noch strafen!« –
»Du plattata Uhu, mit deim Flaus,
Schaugst selber wia a Sträfling aus.
Mir könna hoamgeh wann ma wolln,
Di aber werd der Schandi holn!« –

»Mich holt nur einer, Gott der Herr,
Euch aber holt der wilde Bär! –
Das sag ich euch jetzt als Prophet.« –
»Du nackata Krautkopf, bist ja blöd!«
Dann setzens no als Sprechchor drauf:
»He, Kahlkopf, Gipskopf, komm herauf!
Du Schweinskopf mit'n Zitronaschnitzel,
Geh her zu uns, dann kriagst an Dützel!« –
Und da, wia s' grad am ärgsten plärrn,
Da kemma aus'm Wald zwoa Bärn
Glei mitten in die Kinderschar
Und packa s' zsamm mit Haut und Haar.

Zweiundvierzig böse Buben
Liegen rum wie Kraut und Ruben,
Und die habn sie unterdessen
Samt und sonders aufgefressen.
Aa den Alten habns no gsehgn,
Aber scheinbar nimmer mögn.
Wenn s' den no packt hän hinterdrei',
Kunnts ja koa Straf des Himmels sei'.
Es sollten doch die Buabn bloß büaßn,
Obwohls net hätt so kemma müassn.
Wenn er die Rotzbuabn als Prophet
Glei auf der Stell recht droschen hätt,
Dahoam in der Schul hän s' aa oa gfangt,
Auf d' Nacht nix z' Essen, dees hätt glangt.
Und wenn i's überleg in Ruah,
Den Fluach trau i eahm gar net zua.
Denn wenn uns wirkli böse Fratzen
Amal recht ärgern und recht tratzen,
Und wünscht: euch soll der Teufel holn,

Dann woaßt, daß mir dees gar net wolln.
Daß zwoa Bärn zwoaravierzg verschlungen?
Da habn s' uns scheints zwoa Bärn aufbunden.
De könna s' net auf oamal fressen,
Vielleicht habn S' rausbracht unterdessen:
Zwoa Buabn im Wald habn Brombeern g'essen.

## 34. Der ausgrissene Jonas
## oder
## Wia der groß Fisch an Propheten verschluckt hat

Nach dem wias in der Bibel steht,
War aa der Jonas a Prophet,
Der viel vorausgsagt hat und predigt
Und göttliche Aufträg hat erledigt.
Amal hat er an solchen kriagt,
Damit er wieder aufrecht biagt
Die bösen Leut von Ninive,
Wo d' Sünden stinka schon in d' Höh.
Der Jonas macht sich zwar a'm Weg,
Doch fürcht er scheints von dene d' Schläg,
Drum hat er d' Richtung hi net gfunden,
Obwohl s' a Feuerwerk ozunden.
Dees Ninive laßt er links liegn
Und stört sie nicht bei dem Vergnügn,
Weil, wia gsagt – er hat d' Schmirgel gfürcht,
Wenn er da neileucht mit seim Liacht.
»Der Herr im Himmel hat leicht redn,

Wenn i zu dene sag: teats betn,
Dann zünden s' mi als Fackel o
Und i bin a vabrennta Mo –
I schau, daß i mi drucka ko.
Bis jetzt hab i no gsunde Boana.«
Ja – von de Schneidigen war er koana.

So reißt er aus bis hin ans Meer
Und weil grad schwimmt a Schiff daher,
Gibt er dem Kapitän a Bris',
Zählt eahm sei Fahrgeld auf und is
Mit dene übers große Gwasch;
A Rucksack war sei Bagasch.
Die Seefahrt war am Anfang luste,
Der Wind hat grad die richtige Puste,
Net wild – net stoßweis und net stad,
Die Segel habn sich recht schö blaaht.
An Wetterbericht hats no koan gebn,
Und doch werdn s' bald an Sturm erlebn.

O'ganga is um halbe drei,
Auf oamal werd as Windroß scheu.
Zu Dritta halten s' Steuerrad,
Vom Ausguck rutscht der Obermaat
Und schwoabt'n beinah über Deck,
Oan Masten reißts mi'n Segel weg
Und 's Schiff mit alle Mann an Bord
Treibts rundherum statt gradaus fort.

Der Jonas liegt ganz drunt im Schiff
Und schlaft und schnarcht und hört koan Pfiff,
Spannt nix wia drauß die Wellen tosen
Und s' Letzte hergebn die Matrosen.
Bis oana ihn vom Schlaf rausgrissen:

»Ja sag, is denn so guat dei Gwissen,
Daß du bei dem Sturm schlafa konnst,
Moanst leicht, daß du am Festland wohnst,
Im allerschönsten Strandhotel,
Da geh mit aufa, dann siehgst d' Höll!
Geh weiter, wer' a bissel munter,
Sunst gehn ma bis um Fünfe unter.«
Schlafdamisch ziahng s' an Jonas nauf:
»Jatz bet für uns, sunst gehn ma drauf!«

Der Jonas merkt, woher dees kimmt
Und bet und bet – und d' Zeit verrinnt,
Der Sturm wird ärger als zuvor.
Da schreit der Kapitän ins Rohr:
»Horchts Manna her auf mi – i moan,
Mir habn da unter uns wohl oan,
Der muaß an Herrgott net recht passen,
Den wolln ma jetzt auslosen lassen.
Von meine Leut möchts i net hoffen.«
Und richtig hats an Jonas troffen.
»Ausgrechnet du – der Passagier?
Ja sag, was is denn dees mit dir?
Wer bist denn du, wo kimmst denn her?
Bist du schuld an dem wilden Meer?« –
»Ja« – beicht der Jonas, »ich wollt flüchten,
Statt einen Auftrag auszurichten,
Den ich von Gott erhalten habe –
Ich bin allein der Unglücksrabe!
Herr Kapitän – es liegt an mir!« –
»Ja mei, was tean ma denn mit dir?« –
»Schmeißts mich ins Meer wie einen Wurm,
Dann legt sich ganz bestimmt der Sturm.«
»Naa, das geht gegen unser Gfühl,

I glaab aa net, daß Gott dees will,
Denn schmeißen wir dich über Bord,
Dann ist das doch ein glatter Mord?!
Wenn mir vor lauter Angst aa schludern,
Probiern mas no amal mi'n Rudern,
Mit letzter Kraft und letzter Gwalt,
Du bleibst am Schiff, denn du hast zahlt.«

Sie legn sich nei mit aller Kraft
Und merken bald, daß koana schafft.
Der Jonas bitt an Kapitan,
»Wenn deine Leut halt doch dees taan
Und schmeißatn mi nei in d' Welln,
Dunn kunnt euch ganz gwiß nix mehr fehln.« –
»I brings net ferti – meine Leut
Teans aa net – hast net selbn die Schneid?
Daß d' owihupfast unsertwegn
Mir drahn uns um und wolln nix sehgn.
Kunnt sei, daß di aa so a Gischt
Glei mit a Sturzflut owi wischt.
Du werst aa wieder außer gfischt,
Wenns Wetter umschlagt – später nachha,
Jatz geh – tuas uns net zu schwer macha.«

»In Gottsnam!« seufzt der Jonas schwer,
»Dann hupf i halt iatz nei ins Meer.
I woaß, daß i mi opfern muaß,
Sagts halt vom Jonas no an Gruaß
Und schickts ma oan nach Ninive:
Wer Gott net folgt in seiner Höh,
Der muaß dees scho bei Lebzeit büaßen,
I hab ins Wasser beißen müassen.«
Auf dees nauf hats an Plumpserer to

Und d' Wellen san glei mit eahm davo.
Der Jonas war zwar ein Prophet,
Wias weitergeht, dees woaß er net.
Dees hat eahm neamd net prophezeit
Und selber war er net so gscheit.
Er denkt sich bloß: iatz is vorbei!
Da kimmt daher a Riesenhai,
Vielleicht is aa a Walfisch gwen,
I hab'n selber aa net gsehn.
Dreißg Meter lang, fünf Meter dick,
Und der verschluckt'n schnell zum Glück,
Sunst waar der Jonas unterganga
Und koana kunnt'n mehr derglanga.
Natürlich hat er unterdessen
Wohl denkt: Auweh – iatz bin i gfressen.
Darüber war er sehr entsetzt,
Dafür jedoch ganz unverletzt.
Der Fischmagn war sogar geräumig,
Die Wänd dagegen ziemlich schleimig,
Und ausgrutscht is er vorn und hinten,
Er ko koan richtigen Halt net finden.
Vom Magenausgang is er weg,
Denn da gaangs direkt nei in Dreck.
Vom Eingang is da Fischfraß kemma.
De kann ma gar net alle nenna,
De wo der große Fisch hat gfressen.
Er selber hat glei aa oa g'essen,
Sunst waar er no im Magn verhungert.
Was z'viel war, schiabt er naus als Dungert,
Daß ihm der Platz nicht wird zu eng,
Die Luft war sowieso viel z'weng.
Drum wollt der Jonas wieder raus,
Es war koa Einfamilienhaus.

Bald hat der Walfisch nix mehr mögn,
Er is eahm scheinst im Magn drin glegn.
Und nach drei Tag da hat er'n gspiebn,
Am Ufer is er hänga bliebn.
Da war er froh, dees kannst dir denka,
Denn gern laßt dir da d' Freiheit schenka.

Mir waar – dees sag i euch ganz ehrlich,
A Unterseebootlebn scho z'gfährlich,
Denn erst a Fischmagn – mir waars gnua,
Da hast ja Tag und Nacht koa Ruah.
Wia lebst da ohne Schrein und Belln?
Der Jonas kunnts genau erzähln,
Der hat dees mitgmacht seiner Zeit,
Und gredt habn von eahm alle Leut.
A ganz besonders Renommee
Kriagt er dadurch in Ninive.
De habn iatz gfolgt und ghorcht auf eahm
Und globt und gschworn, daß s' besser werdn.
Was dem Propheten fallt net leicht,
Der Walfisch-Jonas hats erreicht,
Der Mensch is für die Leut auf Draht
Erst dann, wenn er was mitgmacht hat.

## 35. Der alte Tobias
## oder
## Wia guat, wenn der Bua sei'm Vater nachgrat

Der alt Tobias und sei Bua
Habn aa im Lebn scho mitgmacht gnua,
Und weil die Gschicht a Beispiel gibt,
Hab i auf dees Kapitel tippt.
Zu dera Zeit warn die Assyrer
Für Babylon die Internierer.
Der Salmanassar hat regiert
Und alls in Gfangenschaft glei gführt.
Tobias war no fromm und frei
Und der hat überall gholfa glei,
Hat sei Vermögn mit de Verwandten
Schö auftteilt bis nix mehr vorhanden.
Eahm selber hat koa Mensch was gebn,
Ja nehma wollten s' eahm no 's Lebn,
Trotzdem er doch bei Tag und Nacht
Nur gute Taten hat vollbracht,
Wie Unterkünfte angefertigt,

Ermordete Freunderl still beerdigt,
Tröst hat er, wo er trösten ko,
Kurzum, er war a braver Mo.
Obwohl 's eahm wia an Job is ganga,
Hat er sich niamals unterfanga
Zu hadern gegen Gott und Welt,
Bei koa'm Verdienst und ohne Geld.

Amal, nach langer Arbeitsdauer,
Loahnt er sich müad und matt an d' Mauer
Und schaut halt nauf in seiner Not,
Da is eahm grad der warme Kot
Vom Schwaiberlnest direkt in d' Augn
Und scho kann er nix mehr derschaugn.
Blind is er gwesen von der Stund,
Zum Jammern hätt er allen Grund
Und nimmt dees Unglück willig hin,
Denkt bloß: i hab ja no vier Sinn,
Demütig tuat er und bescheiden,
Dankt hat er Gott not für sei Leiden.

Zum guaten Glück hat er a Frau,
Die no was reibringt in sein Bau.
Sei Anna übernimmt die Plag
Und spinnt für d' Leut den ganzen Tag.
Bloß moants dazwischen – wia s' halt san –
Dees woaßt, daß mir net noti waa'n,
Wenn du net alles hättst verschenkt,
Hättst liaba an die Zukunft denkt.
Almosen gebn, dees is scho recht,
Wenn net d' Familie no was möcht.
Heut is, als hätt ma alls verspuit. –
Er tragt die Vorwürf mit Geduld,

Doch bet er oft in seiner Not:
O Himmel hilf, schick mir an Tod!
Der jung Tobias kimmt zu eahm,
Scho weil er moant, er müaßt bald sterbn.
»Mei Bua – i hab nix zum vererbn,
Du muaßt dir alles selbn erwerbn.
Doch wenn der Boandlkramer kimmt
Und mi in d' Ewigkeit mitnimmt,
Dann merk dir wenigstens, was i sag:
Ehr mir dei Muatta bis zum Tag
Wo sie mir folgt und leg s' zu mir,
I ruck scho wegga, sagst zu ihr.
Glei neba meiner machst ihrs Grab
Und nachha nimmst dein Wanderstab,
Gehst naus in d' Welt und unter d' Leut.
Üb immer Treu und Redlichkeit,
Die zehn Gebote woaßt von mir,
Versündige dich dagegn gar nia.
Hast was erreicht und glangt dirs Geld,
Dann denk an de, wo alles fehlt.
Hast viel, gibst viel, hast weng, gibst weng.«

»Wo'st hikimmst nachha, hast ja gsehng.«
Redt da die Muatta zwischendrei,
»So wia dei Vater derfst net sei!«

»Ha Himmel Anna – so da Red?
Dei Meinung gilt in dem Fall net,
Weil allwei do die milden Gabn
Doch schließli ihren Zins tragn habn.
Und wenn aa net auf dera Welt,
Im Jenseits drübn werd alles zählt.
Für mi war die Barmherzigkeit

A Fleißbillett für d' Ewigkeit.
Was hast vom Reichtum letzten Ends?
Von deine Erbn a falsch Getrenz,
Am Grab tean s' wuiseln no und woana,
A echte Trauer kennt da koana.
Du liegst kaum kalt in deiner Gruabn,
Lockt scho dei Geld – aa deine Buabn.
Beim Arma stehnga net vui rum,
So is amal dees Publikum.
Beim Reichen kennst den Unterschied,
Da genga glei drei Pfarrer mit
Und Kränz werdn niederglegt und gredt,
Als ob er nia was Bös's to hätt.
Nackt werd er drübn wia i okemma,
Wia hart muaß der sein Abschied nehma?
Du bist von mir aus gleichem Holz,
Drum machs mir nach und sei net stolz.
Die Hoffart is a gschmacklos's Weib
Und nia der richtige Zeitvertreib.
Mit Unkeuschheit gehts nei in 'n Grabn.
Wennst moanst, du muaßt grad oane habn,
Dann überleg dirs hundertmal!
Net jede paßt fürn Sündenfall.
Erst muaßt ihr Wesen ganz ergründen
Und dann werst no net 's Richtige finden.
Im Alter gleich rat i gar nia,
Sie soll Respekt habn ja vor dir.
Die dei hat heut no koane Knia.
Du bist erst sechzehn – also wart
Die Jahr wia d' alt bist, nachha start!
Bstell dir was d' kannst und was d' vermagst
Und überleg dir zerscht was d' sagst.
Zahl allwei glei dees was sie ghört,

Und bscheiß mir neamd, dees is net wert.
Was du nicht willst, das man dir tu,
Füg niemals einem andern zu.
Und soll der Tod dich einst erfassen,
Brauchst deine Buabn nix hinterlassen
Als wia die gleiche guate Lehr,
De halt für Kinder länger her
Und hat a ganz a andere Kraft
Als wia a Hinterlassenschaft,
De nach und nach ja doch vergeht
Und auf amal im Schuldbuch steht.«

Der kloa Tobias hats versprocha
Und sagt: »I möcht scho nächste Wocha
Auf d' Walz gern geh, da will i schaugn,
Wia guat mir deine Ratschläg taugn.
I möcht net warten, bis du stirbst
Und mir die ganze Freud verdirbst.
Was aus mir werd, sollst doch no sehgn,
Wer freut sich denn sonst meinetwegn?
Ihr derfts net sterbn von heut auf morgn,
I möcht ja doch für euch no sorgn.« –
»Dees«, sagt der Alt, »möcht i erlebn.«
Und hat sein Buabn an Segen gebn:
»In Gottsnam, dann ziahg deine Weg,
Die saubern bloß – weich aus dem Dreck,
Daß d' nirgends neitrittst, sunst is gfehlt,
Fürcht Gott und nix sunst in der Welt!
Gel tua mir ja koa Schand net macha!«
»Naa, Vata – also grüaß di nachha!«

## 36. Der jung Tobias auf der Walz
## oder
## Wia ma zu zwoat furt- und zu dritt hoamkemma ko

In dem Kapitel kimmt iatz vor,
Wia der Tobias junior
Auf d' Wanderschaft is ohne Ziel,
Weil er net woaß, wohi er will.
A Ranzl hat er bloß dabei
Und Brotzeit glangt bis halbe drei.
Pfüat Gott hat er um sechse gsagt
Und weiter sunst koan Menschen gfragt.
Zu zwoat waars Tippeln freili schöna,
Er hätt scho no oan braucha könna
Als Schutz, weil er no jugendlich
Und aa net kennt die ganzen Schlich,
De wo die Handwerksburschen wissen,
Da muaß ma wach sei und aa grissen.
Er pfeift a so dahi und singt
Und hört wia wenn a Glöckerl klingt,
Auf oamal lauft so neba seiner

A junga Bursch, a ganz a feiner.
Und tritt mit eahm gleich auf der Stell,
Es war der Engel Raphael.
»Grüaß Gott!« sagt er und gibt eahm d' Hand,
»I moan, mir genga mitanand?« –
»Ja, gern«, sagt der Tobias drauf,
»Dann kriag i aa mehr Tempo drauf.
Wo aber kimmst so plötzli her?
Scho seit a Stund siehch i neamd mehr.
Bist 'leicht vom Himmel runter gfalln?
Und ausschaugn tuast so schö wia gmaln.«
Er hat'n net als Engel kennt.
»Bist scho bei mir in guate Händ!«
So lacht der Engel eahm ins Gsicht,
»Und außerdem is dees mei Pflicht.«

So wandern s' mitanander weiter,
Die Unterhaltung werd ganz heiter.
Da kemma s' an an großen Fluß.
»I glaab, daß i mi baden muß«,
So sagt der kloa Tobias und
Steigt nackert nei bis auf 'n Grund.
Da schwimmt a Riesenraubfisch her,
Scho moant er, 's gibt koa Rettung mehr.
»Net fürchten!« ruaft der Raphael,
»Pack ihn nur bei de Flossen schnell,
Dann tuat er nix!« – Und mitanand
Ziahgn s' alle zwoa den Fisch ans Land.
»So!« weist er'n o, »iatz weid'n aus.
Dann mach ma uns a Mahlzeit draus.
Die Leber hebst dir auf und d' Gall,
De brauchst als Medizin amal.« –
Der Raphael hat unterdessen

So to als hätt er aa mit g'essen.
Und weiter habn sie sich entfernt,
Der Tobi hat viel kenna glernt
Und durch den guten Freund, den braven,
Findt er a Arbeit, Platz zum Schlafen,
Weicht niamals ab vom graden Weg
Und bhalt sei Herz am rechten Fleck.

Nach Jahren kemma s' in a Stadt,
Da wo sei Vater an Schwager hat.
»Zu dem gehst nei, da stellst di vor!
Dann steht dir offen Tür und Tor.
Der hat, dees woaß zuafällig i,
A schöne Tochter grad für di.« –
»Wiaso kimmst du iatz auf dees Thema,
Zerscht sollst doch du dir oane nehma!« –
»Ich bitt di, mach mi net verlegn,
Geh nei dazua, dann werst as' sehgn!« –
Und wirkli, wia er sagt sein Nama,
Da woana s' glei so herzli zsamma
Und auftischt habn s' und gscherzt und glacht
Und gfragt, was denn der Vater macht?
»Ja, der is leider arm und blind!« –
»Dafür kriagst du als Weib mei Kind
Und aa a Mitgift no dazua,
Dei Vater hat mir gholfa gnua,
Wia guat, daß i dem guaten Mo
An dir heut alles hoamzahln ko.«
A Wocha drauf habn s' Hochzeit gmacht
Und dann hat er sei Frau hoam bracht.

Der Engel Raphael is voraus
Und siehcht an Vater scho vorm Haus,

Der wieder jammert: »Mei, o mei!
Wo werd wohl mei Tobias sei?« –
»Er is scho da, bereit dich vor,
Und net alloa!« – »Ja, is dees wohr?
Mei Tobi – ach i siehch ja net!« –
Wia aber der zu eahm higeht
Und reibt die Augn vom Vater ei –
'S werd wohl die Fischsalbn gwesen sei –,
Kriagt plötzli er an hellen Schimmer.
»Ja, liaba Gott, kann denn dees stimma?«
Und auf die Knia reißts ihn glei nieder.
»I greif di! Gspür di – siehch di wieder!
Tobias – liaba brava Bua!
Ja, sagts nur grad, wia geht dees zua?
Und 's Schwiegertöchterl siehch i aa.
A so a Schöne – naa Leut, naa!
Mit so viel Sach, ihr seids ja reich,
Jatz freu i mi nimmer auf mei Leich.
Grad hupfa kunnt i no und springa.
Jatz, Muatta, gel – d' Not hat an End,
Siehgst wia sich alls zum Guaten wendt?
Tobias! Bua! – Wia is dir ganga?« –
»Ja mei – an Fisch hab i zerscht gfanga
Und glebt hab i nach deiner Lehr,
Sunst hätt ma heut koa Wiederkehr.
Daß mir so glücklich jetzt vereint,
Verdank i alls dem guaten Freund.
Der hat mi so schö überwacht,
Alls, was er gsagt hat, hab i gmacht.« –
»Ja, gel, dein Freund! – So, der is gwesen?
Den hätt ma beinah iatz vergessen
Vor lauter Freud. – Wia hoaßt er schnell?« –
»Er hat zu mir gsagt: Raphael.

Der aber is gar nimmer da?!« –
»Mei Bua – was sagst? – Da habn mas ja!
Dei Schutzengel is 's persönlich gwen,
Jatz wiß ma aa wia alles gschehn.
A Erzschutzengel no dazua,
Denn bet hab i um di grad gnua.
Da habn ma wieder den Beweis,
Die Gottgefälligen kriagn an Preis.
Auf Erden hat ers no vergolten,
Obwohl ma scho verzweifeln wollten.« –
Man kann den Spruch auch anders deutn:
Es hängt net allwei auf oa Seiten.

Mehr als vierzg Jahr hat er no glebt,
Der Vater. – Daß 's no so lang hebt,
Sei Herz, dees hätt er selbn net denkt,
Der Bua hat eahm no Enkel gschenkt,
Er hätt damit, dees is dees schöna,
A Fuaßballmannschaft aufstelln könna.
Von dene Elf hat jeder wieder
A Frau ghabt, de kimmt aa no nieder
So an die elfmal – nicht zum glaubn –
Er kanns gar nimmer überschaugn
Die ganze nachgekommene Schar,
Wia s' bei der Leich am Friedhof war.

## 37. Der General Holofernes
## oder
## Wia eahm die Judith sein Kopf abgnomma hat

Wennst so studierst die Alte Schrift,
Habn s' früher mehra Kriag ogstift'
Als heutzutag in oam Jahrhundert,
Und dees is dees, was mi oft wundert.
Dabei hätt bei dem Kriegsgewühl
Gott selber oft die Hand im Spiel.
Und so, daß er der oan Partei
Hat manchmal selber gholfa glei.
Aa wenn die Feinde Heiden warn,
Laßt er die Seinigen überfahrn.
Denkst an Nabuchodonosor.
Da kimmt dees ziemlich deutlich vor.
Der hat sogar Jerusalem
Kaputt gmacht und ganz brettlebn
Die schöna Tempel schleifa lassen,
Wia soll denn dees no zsammapassen?
Ausgrechnet warn s' die Auserwählten,

Die so viel Niederlagen melden.
Der Jeremias prophezeits
Jahrzehntelang vorher bereits,
Was übers Volk werd alles kemma,
Wenn sie sich weiter so benehma.

Zu der Zeit wia Ezechias
Hat grad regiert, da wars no was.
Der hat no himmlischen Beistand ghabt,
Oa Engel und der Sieg hat klappt,
Denn wia die Syrier san ins Land,
Soll der, soviel uns heut bekannt,
Einhundertachtzigtausend Mann –
Wiaviel Armeekorps dees wohl san? –
Tot umglegt habn in oana Nacht.
Wia hat er dees wohl zsamma bracht?
Vielleicht sogar scho mit Atom,
Dees war s' zum Kriagführn heut erst hobn.
Zwar hätt ich mir das nie gedacht,
Daß so etwas ein Engel macht,
In Kriag hat müassen doch a jeder
Und drunter warn Familienväter,
Wo d' Fraun und Kinder doch, die zarten,
Dahoam voll Sehnsucht auf sie warten.
Und iatz liegts da die ganz Armee
Von Syrien – »Kreuz Ninive!«
So schreit entsetzt Senacherib,
Der Syrierkönig, »so a Hieb!
Den hat uns gwiß der Teufel gebn,
I siehch ja koan mehr überlebn!« –
Alloa' kimmt er nach Ninive
Und aus war's mit sein Renommee.
Die andern sehgn an Feind draus liegn

Und scho is wieder der Giggel gstiegn.
Dees hat die von Assyrien greizt
Und die habn ihnen eingeheizt.
Der Holofernes kimmt daher
Und die Soldatn warn no viel mehr.
Alls renna s' nieder mit Hurra,
So kemma s' bis Bethulia.
Bevölkerung wollt scho übergebn.
»De lassen trotzdem koan am Lebn!«
So hat die schöne Judith klagt,
»Der Holofernes der ghört packt.
Den wenn ma habn, vergeht der Schreck,
Dann ziahgn die andern selber weg.«

Der Burgermoasta fragt: »Ja, wia?
A so an Schneidigen findt ma nia.« –
»Ja, dees muaß hoamli gschehgn und schlau,
Vielleicht gelingt es mir als Frau.
Begleiten soll mich meine Magd,
Wenns finster wird«, so hat sie gsagt,
»Bsuach i den wilden Herrn im Zelt,
Als hätt i mir zur Verfügung gstellt.
Er lernt mi aber anders kenna,
Mir werdn dazua an Sack mitnehma.«

Tatsächlich gehnga s' bei der Nacht
Zum Stadttor naus und schleichen sacht
Zur größten Hadernvilla hin –
Da wo der Holofernes drin.
Die Wachsoldaten habn sich denkt,
Dees Weib, dees wo da eine schwenkt,
Hat gwiß der Alt herbstellt zum be'n,
De waar für uns scho aa was gwen.

Und so kimmts nei, unkontrolliert,
Sie habn sogar no salutiert.
Der Holofernes flackt im Bett,
Als ob er auf sie gwart scho hätt.
Sie überdenkt die große Gfahr
Und merkt, daß er schwer bsoffen war.
Glallt hat er bloß: »Kimmst mir grad recht,
Da leg di rei – mir is scho schlecht,
Für di hab i iatz grad a Gfühl,
Weil i mit dir ganz schlecht sei will.«

Sie geht verführerisch auf cahm zua
Und denkt: Dees siehgst scho was i tua.
Zerscht streichts a weng sein Wuschelkopf,
Dann packts'n fester obn am Schopf,
Nimmt mit der andern Hand sei Schwert,
So daß ers net glei inne werd.
Und sagt: »Gel, bei der letzten Schlacht
Hast du den Meinigen umgebracht?
Hast leider nicht gleich dran gedacht,
Daß du zur Witwe mich gemacht.
I dank dir halt recht schön dafür,
Weil i koan Mann hab, ghörst jetzt mir.« –
Gleichzeitig hat s' an Sabel zogn
Und amputiert'n grad am Krogn.

Den Feldherrnkopf hat s' in der Hand,
Sei Schwert loahnt s' wieder hi an d' Wand.
Die Magd hat glei an Sack aufghalten,
Und dann san s' naus, de zwoa Gestalten.
Die Wachen fragen, warum s' scho geht?
Sie sagt bloß kurz: »Er mag heut net.«
Und so san s' unbehelligt hoam.

Dort geht die Nachricht glei von oam
Zum andern in der ganzen Stadt,
Daß d' Judith grad an Kopf bracht hat
Vom Holofernes-General
Und Jubel war glei überall.
Denn wia s' am andern Tag entdeckt,
Daß koana mehr den Führer weckt,
Der nie mehr mit der Wimper zuckt,
San s' kopflos wordn und habn sie druckt.
Die Judith habn s', so wia ma hört,
Als Heldin der Nation verehrt.

I gib dazua als Kommentar:
A Weib, dees zu dem fähig war,
De möcht i net gern neba mir,
Denn ruhig schlafa kunntst da nia.
Mit Blumen vergleichen is da schwer,
Schwertlilie müaßt ma sagn zu der.

## 38. Die gschaamige Susanna
## oder
## Wia der Joachim unter der Keuschheit leidn hat müassen

De Gschicht derf i net übergeh'
Und für die Großen is s' ganz schö'.
Die Kinder brauchas zwar net hörn,
Weil de bei dem Kapitel störn.

Drum schickt sie s' meinetwegn ins Bett,
Ehvor ma über sowas redt,
Denn ich betracht iatz ganz intim
Die stramme Frau vom Joachim.
Sie war von Mittenwald bis Glonn
Das schönste Weib in Babylon,
Und wenn ich euch den Nama sag,
Woaß i, daß koana zweifeln mag,
Weil sie Susanna ghoaßn hot.
Da werd a so glei jeder rot
Und in Gedanken abgelenkt,
Wenn man an ihre Keuschheit denkt.

Bei manche rührt ja nix mehr o,
Den Grund dafür, den kenn ma scho.
Ma siehcht ja z' oft, wia d' Weiber gern
Mi'n Reiz durchaus net geizen tean.
Brauchst bloß die Illustrierten sehgn,
Da wo s' die Ungenierten mögn,
Die sich entblößen grad mit Fleiß,
Weil s' scharf san auf an Schönheitspreis.
Sogar die guterzogene Dame
Vergibt sich heut für d' Strumpfreklame,
Wo jeder gspannt is – oder net,
Wias nach 'm Strumpf obn weitergeht.
Weil s' allesamm neugieri san
Wia bei an Kriminalroman.
Da is die Mode mit dro schuld
In wechselvoller Ungeduld.
Heut gibts oam manchmal glei an Riß,
Wenn oane ganz zua – o'zogn is.

So oane war aa die Susanna
Bei dera habn die fremden Manna
Fei' nixn gsehgn – aa koane Formen
Und sie ghört gwiß net zum Abnormen.
Vom Hals bis nunter zu de Schuah
Nix dekoltiert – da war all's zua.
Sogar der eigene Ehemann
Von ihr nicht viel berichten kann.
Der hat sie, daß Ihr es nur wißt,
Nicht einmal auf die Schulter küßt,
Geschweige denn woanders hin –
Dees war net leicht fürn Joachim.
Sogar das Tappen mit den Pfoten
Hat sie ihm rundweg glatt verboten.

Und wenns auf d' Nacht zum Bettgeh' Zeit,
Und sie hat gsagt: Ich bin so weit!
Dann derf er erst in d' Schlafstubn eine,
Und dees war meistens so um Neune.
Hat er vielleicht no deppert glacht,
Dann hat sie vorher 's Liacht ausgmacht
Und hat sich ziert: »Dees is a Sünd,
Du derfst nix sehgn, sunst werst ma blind.«
Amal da hat er 's Liacht o'zunden,
Da war s' scho unter der Bettdeck drunten.
Und hat die Sunn gscheint in der Fruah,
Dann hat s' glei gsagt: Stch auf, geh zua!
Erst wenn er draußen bei der Tür
Hat sie sich o'zogn – eher nia.
Die Ehepflicht hat sie erfüllt,
Doch nur als ungeschautes Bild.

Es gibt ja sicher Weiber gnua,
Wo's gscheiter waar, ma deckats zua.
Ist eine nicht schön anzuschaun,
Kannst sie auch blindlings nicht verdaun.
Gspürt hat ers freili, dees is klar,
Wia s' ungefähr so gwachsen war,
Doch sagt sich halt der Joachim,
I muaß doch wissen, wo i bin.

Da trifft er amal an Daniel,
Der war zwar ledig, aber hell.
»Paß auf, was sagst iatz du zu dem?
Is dees a richtigs Ehelebn?
Wo steht denn dieses wohl geschrieben:
Du sollst dein Weib im Finstern lieben!«

Der Daniel sagt: »I hab nix glesen.
Warum? Was is denn wieder gwesen?«
»Na ja – die mei' – woaßt ja wia s' is –
I hab dees Gfühl, mir ghörts net gwiß.«

»Ja zweifelst du an ihrer Treu?
Da ist die dei' doch viel zu scheu.
De schaugt ja doch koan Menschen o,
Moanst 'leicht, de hätt an andern Mo?«

»Dees net, mir is ja bloß net wohl,
Weil i s' halt gar nia oschaugn soll.«

»Wiaso, du hast as doch als Weib,
Dann ghörts dir a mi'm ganzen Leib.
De derf sich net vor dir verstecka,
Da taan dich ja die Leut derblecka.
I hab zwar selber no koa Frau –
Dees aber wüßt i scho genau,
Daß i mi da net tratzen liaßt.
I taat halt sagn: Sei net so wüast,
I möcht doch aa was sehgn von dir,
So taat i amal redn mit ihr,
Weil sonst nix mehr in Frage kaam
Und i vielleicht a andere naahm.
Wer woaß, ob i net aus Versehgn
Im Finstern bei a andern glegn?
Passiert dees, kann i nix dafür,
I siehch di' ja im Finstern nia.
Dees wirkt – du kannst dich drauf verlassen,
A andere werd ihr gwiß net passen.
Im übrigen schaam i mi für di,
Weilst ausgerechnet fragst grad mi.« –

»Muaßt mir net bös sei, Daniel,
I dank dir halt auf alle Fäll,
Der Rat is guat – i hab dees Gfühl,
Auf dees nauf zoagts an Sex Epül,
Vielleicht aa siebne, wenn i's will.«

Ganz übermüatig geht er hoam,
Heut, denkt er sich, gehts grad in oam,
Die Monatszeit is günsti gwen,
A bissel hoaß – a leichter Föhn,
Dann hat er aa scho lang pausiert,
Da waars grad Zeit, wenn sich was rührt.
Und wia er bei der Tür nei ganga,
Da siehcht er grad die keusch Susanna
A Fuaßbad nehma. »Naus!« hat s' gschrian,
»Zerscht muaß i meine Strümpf oziahgn.«
»Naa, Weiberl«, sagt er, »laß s' herunt',
Iatz möcht i grad a schöne Stund
Mit dir verbringa.« – »Was – beim Tag?
Du woaßt doch, daß i dees net mag.
Was hat dich denn in d' Hitzen bracht?
Geh, sei vernünftig – kimm auf d' Nacht!«

»Soll i im Finstern bei dir liegn,
Dees is für mi a halbs Vergnügn.
Willst du wiasd bist net vor mir steh,
Dann kannst ja glei ins Kloster geh!«

»O Joachim, du schlechter Mo,
Dees hab i doch no gar nia to!«
»Dann tuast as heut – mi sollst net tratzen,
Ma kauft doch net im Sack die Katzen.
Drum ziahg di aus – wia bist denn gstellt,
I möcht was sehgn jetzt für mei Geld.« –

»Ach Joachim, bist nimmer recht?
Seit wann bist du so sündhaft schlecht?« –
»Seit ich im Finstern woaß net gwiß,
Ob aa die Frau mei Suserl is.
I Hätt doch grad so guat beim Nehma
'S Dienstmadl aa derwischen könna.
Vielleicht war i schon in der Kammer
Von unserer Magd und moan d' Susanna.«

»So, so«, sagt sie, »ah da schau her,
Dann könnt ich sagn – ein anderer
War auch vielleicht einmal bei mir
Und ich kann schließlich nix dafür.«

Den Joachim packt d' Eifersucht.
»Susanna red net so verrucht!
Verwechseln laß i mi gar nia,
I will di sehng, wenn i di gspür.
Dees möcht i wissen jetzt als Mo,
Ob i dees net verlanga ko.«

Was moanst, was war? – 's is kaum zu fassen,
Sie hat sich nicht herbeigelassen.
Im Gegenteil, wia sie dees ghört,
Hat sie sich in ihr Kammerl gsperrt. –
Von da ab hat er s' nimmer gsehgn,
Aa bei der Nacht hat s' nimmer mögn.

Der Joche kann sich kaum derfanga,
So is der Schuß nach hint losganga.
Da kann ma bloß dazua erzähln:
Die Liebe laßt sich nicht befehln.
Und wenn ma no so drauf oft brenna,
Ma muaß mit ihr halt umgeh' könna.

## 39. D' Susanna in der Wanna
## oder
## Die neugierigen alten Manna

Und wenn sich aa mei Feder sträubt,
I muaß's euch sagn – scho weils mi treibt
Und mir nix anders übrig bleibt.
Wenn aa der Ehestand heilig is
Und jedes gleich beteiligt is,
Soll sie net warten, bis er kimmt
Und sozusagn sich alles nimmt.
Dabei no toa, als waars a Gnad,
Daß sie für ihn was übrig hat.
Grad er is's, der ganz gern entdeckt,
Wenn sie für ihn zur Liab aufglegt.
Gern müassen sich zwoa Menschen habn,
Sunst geht als Paar glei gar nix zsamm
Und aa nix ineinander nei',
Net bloß kontraktlich –
Kontaktlich müassn s' eigstellt sei.
Wenns Weib net stilln mag sei Verlanga,

Is oft der Mann ins Wirtshaus ganga.
Zum Saufa und zum Kartenspieln.
Da muaß natürlich d' Liab abkühln.
Genau so wars beim Joachim.
»Was tuat denn der heut da herin?«
So habn die Stammtischbrüder gredt.
»Der geht doch sonst ins Wirtshaus net!
Dahoam hat er die schönste Frau,
Da stimmts, scheints, nimmer so genau?«

»Ja mei'«, so kichert oana drauf,
»Die Weiber gebn oam Rätsel auf.
Und sei Susanna, wia mir scheint,
De is no net so richtig gleint.
De is a Kalte, wia ma sagt.
I hab mi selber aa scho plagt,
Wia sie no net die Seine war.
Grad wia a Heilige und ihr Narr,
So kimmt mir dees Verhältnis vor –
De packat i scho bei de Hoor.
Ko sei, daß aa der Joachim
Net so drauf aus is, wia i bin.«

Der Joachim im feuchten Eck
Der stiert bloß allwei auf oan Fleck,
Und fuattert naß und schwoabt all's owi
Und denkt: Wer bin i denn? Was hob i
Vom sogenannten schönen Weib,
Wenn s' mir nix will zum Zeitvertreib?
Die andern sagn: I hab a schöne,
Dees hilft mir nix, dees nutzt mi weni. –
Wo is denn da die Liab so schö,
Soll i vielleicht no nebnnaus geh? –

Zwoa alte Streuner aber habn
So denkt und de san dann und wann,
Wen er untertags im Wirtshaus war,
Ums Haus rum gschlicha trotz der Gfahr.
Sie habn sich gsagt so ungefähr:
Da genga mir amal auf d' Stör.
Der Joachim hat koan Humor,
Da merken mir uns langsam vor. –
Und eines Tags, da sehgn die beiden:
Susanna will ein Bad bereiten,
Denn sie derlurn vom Haus die Magd,
Wia s' grad die Badwann auße tragt
In'n Garten untern Hollerbusch,
Und glei is s' wieder nei mit Husch
Und hat sechs Kübel Wasser bracht:
»Frau, gnädige Frau – as Bad is gmacht!«

Die Gnädige kommt im Negligé
Und fragt: »Is niemand in der Näh?«
Die Dienstmagd moant: »Naa – außer mir,
Soviel i siehch, is niemand hier.
Es san ja viel zu dicht die Staudn
Und dann werd sich wohl koana traun.
Soll i net glei bei Eahna bleibn
Und mit der Bürsten an Buckel reibn?« –
»Na, na!« sagt sie, »brauchst aa nix sehgn,
I kann mi scho no selber pflegn.
Und zuaschaugn möcht i dir net ratn,
Du kannst, wennst magst, nach meiner badn.«

O mei, Susanna, hättst du gwußt,
Mit welcher Neugier, welcher Lust
Die alten Bazi hinterm Baum

Habn g'äugt auf di, du taats as kaum.
Du siehgst net, wia die alten Hirschen
Sich hinterm Hollerbaum anpirschen.

Ich taat euch gern in Abreißbildern
Die weitere Handlung plastisch schildern,
Doch mag i euch net so erregn,
Dees tua i scho net meinetwegn.
Das Weib war jung und schön und gsund
Und da, wo's sei muaß, gwölbt und rund,
Vier Augn habn sie beinah durchbohrt,
Wia sie ihr Gwand legt langsam fort.
Iatz steigts mi'n Fuaß ins Wasser nei,
Net lang, dann werds ganz drinna sei.
Und jetzt hat sie sich gar no buckt,
Dees macht de zwoa hint ganz verruckt.
Aus dem Grund habn sich aa die Alten
Auf oamal nimmer stad verhalten.
»Kuckuck«, so hat der oane to,
Der ander, der hat's Gwandl scho.
Denn grad wollt sie vor lauter Schrecka
Zum Hemad glanga – war scho wegga.
Sie hebt all's zua und schreit: »O mei!«
Und hockt sich schnell ins Wasser nei.

Ganz gamsi genga die zwoa Manna
Auf die so schö vollgfüllte Wanna,
Dem oan hat's Glotzer außertriebn,
Der andere is net hintenbliebn.
»Susanna, Suserl, meine Sonne!
Du herrliche Wanne voller Wonne!«
Den Bottich packa s' in der Mitt
Und habn glei's Kind mi'n Bad ausgschütt.

Ganz nudelnackert liegts im Gras.
»Gel, iatz hast Angst, mir tean dir was?«

Zum Schrein hats ihr die Stimm verschlagn,
Weil s' merkt, de zwo wern net lang fragn.
Der oane sagt: »All's wolln ma sehgn!
Bloß müaß ma di zerscht trucka legn.«
Ganz deppert, wia im größten Ruaß,
Packts aa der andere glei beim Fuaß.
Da macht d' Susanna einen Satz
Und springt auf d' Höh als wia a Katz,
Sie möcht vorbei und schnell ins Haus
Und merkt, da kimm i nimmer aus.
Uns was sie gmacht hätt nicht im Traum,
Sie kraxelt auf den nächsten Baum.

Ihr müaßt euch denka, in der Not,
Da kennt der Anstand kein Gebot.
Scho wia sie nauf is auf den Stamm,
Dees gaab aloa a Filmaufnahm.
Ja, stellt euch dees nur in Color,
Dreidimensional und plastisch vor –
Kreuzbirnbaum, war dees Weib beinand,
Du, da verlierst an Hausverstand,
Und bei de alten Wirtshaushocker
Warn sowieso die Schraubn scho locker.
Grad wia zwoa Tauberer hat sie 's blaaht
Und d' Köpf habn s' zu ihr aufedraht.
»O mei«, habn s' grillt, »iatz wiß mas gwiß,
Dees is der Baum vom Paradies,
Und sie is die verbotene Frucht,
De müaß ma habn – die wird versucht.
Mir schütteln di glei wieder runter,

Was tuast denn drobn auf dem Holunder?
Mir kriagn di scho, weil mir di wolln,
Da brauch ma bloß a Loata holn.«
Und wirkli bringa s' oane her,
Mit siebn, acht Sprossen ungefähr.
Und wia sie s' an den Baum hiloahna,
Da fangt halt 's Suserl o zum woana:
»Was habts denn ihr nur grad im Sinn,
Ich bin doch d' Frau vom Joachim.
Geh, bittschön, laßts ma doch mei Ruah,
Ihr habts a so scho gsehgn grad gnua.«

»Wennst unsern Willn tuast, kimmt nix auf,
Geh runter glei, sunst steign ma nauf.«
»O Himmel, hilf, was soll i toa«,
So jammert auf'm Baum die Kloa. –
»Bleibst drobn, bist dumm, gehst ro', bist gscheit!«

»Ja, gibts denn wirkli solche Leut?
Verlangts doch bittschön sowas net,
Wenn i nur grad a Hoserl hätt.
Mi'n Finger werdn s' auf mi no deuten,
Geh, schaamts euch doch und gehts auf d' Seiten!«

»Kimm, Suserl, tua die schnell entschliaßn,
Sunst wer i zu dir naufsteign müassn
Und 's wilde Katzerl runterholn,
Bloß i taat ja von dir was wolln.« –
Der andere sagt: »Di werd s' net mögn,
Auf mi is s' hoaß, du werst as sehgn.«

»Dann steig halt nauf zu ihr, wennst kannst,
Moanst, daß da s' du vielleicht derglangst?« –

»Geh, schwing dich doch, du alter Depp,
Dees kennst, daß i de zerscht verschlepp.«
»Ah, eahm schaug o, der Zwetschgenmo!«
So geht auf oamal 's Sticheln o.

»Er aa mi'n Maulwerk ohne Beißer,
Verroll di doch, du Hosenscheißer,
Di plagt ja Podagra und Gicht,
Statt daß die no der Habern sticht.
Weg von der Loata – i komm dro!«
Und siehgst as da – iatz raufa s' scho.
Auf alle Fäll gehts hart auf hart,
A jeder hat den oan beim Bart,
Und wia sie sich a'm Boden hischmeißen,
Hätt sie Gelegenheit, auszureißen.
Da aber kommt auf das Geschrei
Die Magd mi'n Joachim herbei.
Dees Bildl hat der schwer verdaut,
Er hat net wenig glotzt und gschaut.
Weglaufa siehcht er die zwoa Manna
Und auf'm Baum die keusch Susanna.
Vom Laubwerk war sie halb verdeckt.
»Wer hat denn di da drobn versteckt?
Ja mei, was siehch i denn heut da,
So schaugt mei Frau aus z'nah und z'nah?«
Zur Magd sagt er: »I dank dir schö,
Daß d' gsagt hast, i soll rübergeh.
Dafür derfst aa geh – gegenwärti
Wer' i mit ihr alloane ferti.
Mir kimmts so vor, als kriag i wos,
A reife Frucht fallt mir in'n Schoß.«
Dann steigt er aufe, froh und munter,
Und holt sei gschamigs Suserl runter.

»Was du geoffenbart den Alten,
Hast du mir immer vorenthalten.
Zwoa fremde Manna habn di gsehgn,
Den dritten Mann muaßt wirkli mögn.«
Sie sagt net ja – sie sagt meintwegn
Und is sag nix, was drauf is geschehgn.

## 40. D’ Susanna vor der Ehebruch-Spruchkammer
## oder
## Wia die Unschuld wieder aufkemma is

Wia dees natürlich ruchbar wordn,
Daß zwoa, de sonst als wohlgeborn
Im ganzen Viertel warn bekannt,
D’ Susanna bracht habn so in d’ Schand,
Da hat ma gredt bloß mehr von ihr,
Obwohl sie gar nix ko dafür.
D’ Leut tuscheln her und tuscheln hin,
So werd a’m Menschen d’ Ehr abgschni’n.
A übels Gred findt glei Verbreitung –
Dees war was gwen für d’ Abendzeitung.
Für die zwoa Herrn, da war dees fad,
drum habn die schnell an Spieß umdraaht
Und sie verklagt beim Kammergricht:
Das Weib war schlecht – wir warn es nicht!
Und damit kam die keusche Susanna
Vor eine Ehebruch-Spruchkammer.

Von überall san d' Leut herkemma
Und tean sich eigens Urlaub nehma.
Neugieri warn s' net viel und bös,
Und jeds war gspannt auf den Prozeß,
Sie moana scheints, daß man beim Gricht
D' Susanna no'mal nackert siehcht.
Befriedigt wurde nicht die Gier,
So zuadeckt war s' überhaupt no nia.
Fünf Seiten lang is d' Anklag gwesen,
Der Spruchanwalt, der hat s' verlesen,
Sogar von Unzucht hat er gredt,
Im Freien statt dahoam im Bett.

War auch d' Susanna unbescholten,
Das Wort von dene zwoa hat golten.
Der Richter fragt zuerst die Magd,
Was sie zu dem Spektakel sagt.
»Mei«, sagt s' – »i hab bloß 's Bad hergricht,
Was nachher gschehn is weiß ich nicht.
I hab mi glei drauf wieder trollt,
Weil d' gnädige Frau alloa bleibn wollt.
Sie hat bloß gsagt: Bring Badetaschen,
I brauch di net zum Buckel waschen.«

»Na ja, dees wiß ma scho, warum!«
Ruaft oana raus vom Publikum.

»Ich bitt mir Ruhe aus im Haus –
Die Herren Zeugen sagen aus!«
Und de zwoa Spitzbuabn – 's werd net glanga,
Tean mitanand glei 's Redn ofanga.
»Als Mitglied vom Gemeinderat
Erkannten wir sofort die Tat.

Denn mit an Kerl hat sie's ghalten«,
Behaupten frech die beiden Alten.
»Zerscht habn ma s' überrascht beim Badn,
Da hat er sich den schöna Bratn
Ganz sichtbar aus der Wanna gfischt,
Na ja – dann habn ma s' halt derwischt,
So in flagranti, wia ma sagt,
Is sie mit eahm im Gras drin gflakt.
Wir habn den Vorgang deutli gsehgn,
Wia er in ihre Arm is glegn,
So quasi auf Susannas Brüstung.«

Da geht ein Aufschrei der Entrüstung
Durch alle Leut: »Derschlagts sies glei,
Dees gottverdammte Luaderwei'!
Reißts ihr doch glei dees Gwandl runter,
Keuschheit is eh scho nimmer drunter.«

Da tritt hervor der Joachim
Und stellt sich vor d' Susanna hin.
»Halt Leut! – Jatz horchts amal auf mi,
Es werd wohl koana sagn, daß i
Koa Recht zum Redn hab in dem Fall,
Ich bin ja schließlich der Gemahl.
Geschädigt waar bloß i als Mo,
Euch gaangs ja schließli gar nix o.
Und wias aa war, mags gwesen sei,
I steh für mei Susanna ei.
Möcht bloß beantragt, daß die Herrn
Gesondert von mir ausgfragt wern.«
Der Richter sagt: »Wird nicht erfüllt,
Der Ehemann als befangen gilt.
Und außerdem, mein lieber Mann,

Geht uns das alles schon was an.
Wenn sich dei Frau danebn benimmt,
Wird die Moral von uns bestimmt.« –
Da meldet sich der Daniel:
»Derf i was sagn an seiner Stell?«
»Wer bist du und was machst du hier?« –
»I waar der Rechtsbeistand von ihr.
Beiständer war i sowieso
Wias gheirat habn, drum red i pro.
Als erstes möcht i wiederholn,
Daß wir die Zeugen trennen solln.«

Dees hat der Richter akzeptiert
Und einer wird hinausgeführt.
»Jetzt soll der oa auf meine Fragen
Dem Kammergricht die Antwort sagn.
Doch tät ich es gar sehr begrüßen
Die Öffentlichkeit auszuschließen,
Weil dees, was da verhandelt werd,
Für alle Leut grad aa net ghört.«

»Gemeinheit!« habn da alle gschrian,
»Dees wolln ma hörn – mir protestiern!«

»Gemeinheit ja – de wollts ihr hörn,
Dees hat die ganz Gemeinschaft gern.
Die Weibsleut, daß s' was zratschen habn,
Und d' Mannaleut taan ohne Scham
Scho jetzt auf die Susanna spitzen,
Um sie als Freiwild zu benützen.
I hab euch scho! A Gsellschaft seids!
Waars nur a Alte – hätts koan Reiz! –
Drum Richter laß an Grichtssaal raama,
Damit s' koa Arbat mehr versaama!«

Der Antrag hat sofort gegolten,
Weil s' aufdraht habn und raufa wollten.
Der Richter macht a Räumungspause,
Der Zeuge, der wollt aa mit auße.
»I muaß bloß schnell amal wohin.« –
»Mit habn a Haferl da herinn!« –
Sagt glei der Daniel »zum Giaßen«,
Er hat natürli gar net müassen.
»Herr Zeuge – na, jetzt sagn S' amal,
Wia war der ganze Sündenfall?
Von wo aus habn Sie denn dees gsehgn?«

»Mir san halt hinterm Zaun dort glegn.« –
»Auf welcher Seiten wars genau?« –
»Halbrechts hiebei – net weit vom Bau.«

»Und wo war sie als nackte Frau?« –
»Im Garten hinterm Hollerbusch
War s' zerscht alloa, de gfeite Lusch,
Da kimmt der Kerl gar groß und stramm,
Und dem muaß scheinbar gwunka habn.« –
»Wia is der Bursch na ozogn gwen?« –
»So gnau hab i den aa net gsehn.« –
»War d' Hosen grea, kurz oder lang?« –
»So halblang, moan i, und sei Gang
War scheints behindert durch den Drang.«
»Hat er an Huat aufghabt, a Mützen?« –
»I habs net gsehgn gscheit durch die Ritzen,
A Kappl wars – vielleicht a Haubn –
Und wia a Tauberer zu der Taubn,
So is er hi zu ihr ins Gras,
Und mir habn gmerkt – sie will eahm was.« –
»Hat er an Mantel tragn – a Joppen?« –

»I laß mi fei net allwei foppen.
Sie fragen mi dauernd nach 'm Gwand.« –
»Ja is er Eahna sunst bekannt?
Mir wolln ja rauskriagn, wer dees war,
Wars oana leicht mit rote Haar?« –
»I glaub, er hat a Platten ghabt.« –
»Aha – iatz bist scho einetappt.
Hast du dees trotz der Haubn glei gsehgn?« –
»De is doch neben seiner glegn,
Er hat s' ja an an Ast hinghängt.« –
»Da schau – an was der alles denkt.
Hat er auch sonst sich noch entblößt?« –
»I bin doch net dazwischen gwest,
Auf alle Fäll hat er sie tröst.« –
»Das geht doch gegen gute Sitten,
Warum seid ihr nicht eingeschritten
Und übern Zaun mit einem Satz
Im Namen des Gemeinderats?« –
»Mir habn ja alls erzählt und gsagt,
Dafür is s' doch heut angeklagt.« –
»Is guat – jetzt holts den andern Herrn,
Zerscht soll er no vereidigt wern,
Du hockst di hintere ins Eck!«
Zum Wachmann: »Laß 'hn fei net weg!« –
»Da hört sich ja doch alles auf,
Ich hab als Bürger freien Lauf,
Bin als Gemeinderat bestellt,
Dann kriag i no mei Zeugengeld.« –
»Ich hab dees Gfühl, es wird gar bald
Euch beiden richtig heimgezahlt.«

»Spruchkammerrichter, Sie gestatten,
Daß ich gleich fortsetz die Debatten.

Ich frage den sehr ehrenwerten
Rat Nummer zwei vor den Behörden:
Wo seid ihr gsessen als Betrachter?« –
»Mir warn so quasi Tugendwachter
Und gstanden san ma hinterm Holler.« ...
(Im Eck kriagt oana an Huastenkoller.) ...
»Da kimmt die saubere Madam
Ganz hoamli mit dem Bazi zsamm.« –
»Wia war er denn so in der Gstalt?« –

»Ja mei – net bsonders groß, fast kloa.« –
»Er soll an Bauch habn, sagt der oa.« –
»Stimmt – er war nudeldick und fett,
Hätt net denkt, daß s' mit dem was hätt.« –
»Kannst du sei Gwand genau beschreibn? –
Sie – lassen S' hint dees Huasten bleibn!« –
»Sei Gwand? – Ja, dees habn mir net gsehng –
Er is ja aa ganz nackert gwen.
Und mit ihr in der Wanna gleng.«

»Dann war bei ihr scheints doch a Paar.
Der Herr Komplice – sonderbar –
Sagt, daß der Kerl plattert war.«

»Natürli warn da zwoa im Garten,
De hinternander auf sie warten.
Mir san – weil mir schon drinna warn,
Entrüstet glei dazwischengfahrn
Und wollten s' packa!« – »Wen? D' Susanna?« –
»Nana, net sie – die gierigen Manna!
Auf oamal warn sie übern Zaun,
Da könna mir bloß nacheschaun.« –
»Nur schad, ma hat von dene Kunden

Koan Huat und aa koa Gwand mehr gfunden.
Dann hätt ma jetzt a Souvenir.
Wenn i iatz sag – dees Paar seids ihr,
Ös Erzhalunken – was sagts nacha?« –
»Was, mir? Da muaß i gradnaus lacha.« –
»Natürli hab i aa dees Gfühl,
Daß euch d' Susanna gar nix will,
Das Gricht jedoch will euer Lebn,
Ihr habts a falsches Zeugnis gebn.«

Die Leut, die vor der Tür no passen,
Habn s' alle wieder einer lassen.
Die Bruch-Spruchkammer hat verkündt:
»D' Susanna, di is ohne Sünd!
Wer andere schlecht macht, der ist schlecht,
Die Straf is hart – jedoch gerecht.
Heut solln de zwoa ins Gras no beißen
Und jeder derf s' mi'n Stoa derschmeißen.
Mit diesem Urteil – Volksgenossen! –
Wird die Verhandlung heut geschlossen!«

»I habs ja glei gsagt«, sagt die oa,
»D' Susanna kann sowas net toa.«
Und alle, de zerscht kritisiert,
Habn auf amal ihr gratuliert.

So falsch san oft die Leut und schlecht.
Und weil ma d' Sensation no möcht,
Habn s' glei de zwoa mit auße gstößen,
Damit der Pöbel hat sei Fressen.

Der Joche sagt zum Daniel:
»Wia leicht waar i an derer Stell,

Wennst du net gwen waarst – oder i.«
»Wiaso? – Wer schiebt denn d' Schuld auf di?«
»Weil i mit ihr im Garten war
Als legitimes Ehepaar. –
Da hat uns aber koana gsehgn,
Gel Suserl – sag – da hast mi mögn?«
Der Daniel sagt: »Mach s' net verlegn,
Hausts weiter so – laßts euch net sehgn,
Damit, wenn's wieder klappt und stimmt,
A anderer nia dazwischen kimmt.«
Und 's Suserl war gar nia mehr gschame
Beim Joachim, sonst aber Dame.

## 41. Der hungrige Bel
## oder
## Wia der Daniel den Götzenschwindel aufbracht hat

Die Babylonier – laßts euch sagn –
Brauchts bloß die Heilige Schrift aufschlagn –
De habn, obwohl sie sehr gelehrt,
Den Bel als Götzenbild verehrt.
Marduk – so hoaßt er nebenbei
Als Stadtgott, und die höchste Weih
Habn s' eahm im Tempel drinna gebn.
Und daß er ja recht guat ko lebn,
Habn s' eahm no g'opfert Speis und Trank
Mit »Heil, dem großen Bel sei Dank!«
Bloß, daß er weiter sie beschützt,
Wenn er am Hochaltar drobn sitzt.
Was der vertilgt hat, meiner Seel!
Zwölf Malter feinstes weißes Mehl,
Zwanzg Schaf im Tag und zehn Kruag Wein,
Dees hat der braucht für sich allein.

Dreihundert Hendeln habn s' no g'opfert,
Sei Hals, der war ja ziemli kropfert
Und wenn am andern Tag all's leer,
Habn s' gmoant: dees glangt net, der braucht mehr.
Und Goaßn, Küah und größers Vieh
Habn s' zsammatriebn für sei Menü.
Sogar der König bet zum Bel,
Nicht aber unser Daniel.
Der hat sich aus eahm gar nix gmacht
Und überhaupts koa Opfer bracht.
Da stellt der König ihn zur Red:
»Warum gehst du zum Tempel net
Und bringst dem Marduk aa was her
Für seinen täglichen Verzehr?« –
»Warum? – Weil der dees Zeug net frißt
Und außerdem kein Gott nicht ist.« –
»Versündige dich nicht, mein Sohn,
An unserm Gott von Babylon.« –
»I sag auch was, Herr Majestät,
Der lebt net und drum ißt er net.
Wenn du dees glaubst, dann is a Fehler.« –
»Wiaso? – Es san doch leer die Teller
Am andern Tag in aller Fruah!« –
»Wer schaugt eahm denn beim Essen zua?
Und wenn scho nia was übrig bleibt,
Hast du scho gseghn, daß der sich speibt?
Wo kimmt denn der verdaute Schmaus
Bei diesem Standbild wieder raus?
Wenn der so viel tuat inhaliern,
Dann muaß ma'n doch aufs Häusl führn?
Die Tempelherrn, de wissen 's leicht,
Vielleicht, daß oana dir was beicht.«

Der König kann das gar nicht fassen
Und hat die Priester kemma lassen,
So an die siebzig warn s' mitnand,
Nicht grechnet der Familienstand.

Damals war net so streng die Regel,
Denn de habn Weib ghabt, Kind und Kegel
Und Köpf habn s' aufghabt kugelrund,
Da war a jeder foast und gsund.
Der Oberpriester auf den Stufen
Fragt an: »Warum läßt du uns rufen?«

»Ja, meine Herrn – der Daniel,
Der sagt grad, daß der große Bel
Die Opfer, die wir täglich bringen,
Tät gar nicht selbst hinunterschlingen.
Er meint, daß er das nicht verzehrt?«
Die Tempelherrn schrein: »Unerhört!
Fluch dem Verleumder, der es wagt
Und so was ganz Gemeines sagt.
O König, bringe selbst die Speisen,
Dann werden wir dir klar beweisen,
Daß unser großer Bel es war,
Sein Appetit ist wunderbar.
Kein Zweifler wird ihn da genieren,
Versiegle doch die Tempeltüren,
Morgn früh siehst du kein einzig Krümchen
Und dann laßt du den Kerl lynchen,
Der so sich gegen Bel empört.«

»Na, Daniel, hast du das ghört?«
So fragt der König ernst und streng.

»Ja – einverstanden – meinetwegn.
Da wett ich mit dir Hals und Kragn,
Daß der dees niamals kann vertragn.
Der rührt sich net amal vom Fleck,
Für mi nimmt der koa Trumm net weg.
Was de behaupten, is vermessen.
A echter Gott braucht nix zum Essen.
Schaff nur die Herrn da aus 'm Tempel,
Dann mach ma Probe aufs Exempel!«

Auf dees nauf habn s' die Lebensmittel
Vermehrt noch um ein ganzes Drittel,
Guat abzählt und aa richti gwogn
Zum Bel am Hochaltar naufghobn.
»So«, sagt der Daniel, »is alls drauf?
Dann streun ma no a Aschen auf
Ganz fein durchs Sieb bis an die Stufen,
Werst sehgn, die kommen wie gerufen!
Bei dene muaß ma schlau und wiev
Und vorgeh wia a Detektiv.
Jatz gehn ma naus und sperrn alls zua
Und warten 's ab bis in der Fruah.«
Der König sagt: »Da kimmt neamd nei,
Da wern scho mir die ersten sei.«
Der Daniel moant: »I kenn de Ruach,
Werst sehgn, der Bel kriagt doch sein Bsuach.«

Am andern Tag – kaum wars grad hell –
War scho der König an der Stell,
Natürlich auch der Daniel.
»So«, sagt er, »schaun ma nei zum Bel.«
Sie sperrn an Tempel auf und genga
Ins Heiligtum. »Di laß i hänga!«

So ruaft der König. »Schau doch hin,
Die Schüsseln leer – nix mehr is drin!
Mein großer Bel, du hast's bewiesen,
Helf Gott, daß wahr is – ich muß nießen.«

»Herr König, weißt du was ich glaub,
Das Nießen kommt vom Aschenstaub.
Da schau amal den Antritt an
Und was man daraus lesen kann.
Da siehchst wo jede Spur hinführt
Und wie man dich hat ausgeschmiert.
Kennst du die Haxen deiner Priester?
De habn auf d' Hendeln so an Glüster
Und auf 'n Wein, die Schaf und Küah,
Alls schaffa s' naus bei dera Tür.
Da, der Geheimgang, siehgst'n net,
Wia der zu eahna nüber geht.
So macha 's de a jede Nacht
Und bringa 's hoam und da werd gschlacht.
Dich wunderts, daß die Bele-Männer
Tagsüber so streng fasten könna,
Und 's dumme Volk legt jedsmal wieder
Alls, was vom Mund weg spart, da nieder.
I hoff, du bist dir jetzt im klarn,
Wer eigentlich die Fresser warn.«

Der König sagt: »Ja Herrschaftsaa –
A so a Schwindel, gibts dees aa?«
Haussuchung hat er halten lassen
Und gfunden habns no ganze Massen
Von Lebensmitteln, die der Bel
Hat übrig lassen – iatz gehts schnell.

Der Nabu, der war so ergrimmt,
Daß er an jeden zleicha nimmt
Und oschafft, daß die Tempelherrn
Vorm Mittagessen hingricht werdn.

Der Daniel bitt: »O Majestät!
Umbringa lassen taat i s' net.
Den Schwindel, den sie sich erlaubt,
Habn s' leider Gottes selber glaubt.
Laß eahna macha Reu und Leid
Und alles zruck zahln mit der Zeit.
Mir aber übergibst den Tempel,
Dann schmeiß i naus den ganzen Krempel,
Damit sich alle überzeugn
Und wiederum vor Gott verneign.«

Und Daniel hat mit guatem Gwissen
Den Bel vom Hochaltar no gschmissen,
Daß er kaputt war auf der Stell,
So – sagt der Daniel – iatzat bell!
Nix hat sich grührt im Götzenhaus,
Und mit der Herrlichkeit wars aus.
Denn alls was gmacht von Menschenhand,
Ist nicht von Gott und von Bestand.

## 42. Der Daniel in der Löwngruabn
## oder
## Wia ma aus Wildkatzen bayerische Lamperl macht

Wenn oana groß werd und was gilt
Und jeder möcht von eahm a Bild,
A Unterschrift und was woaß i,
Verehrt man ihn wohl als Genie.

Doch allwei haut das auch nicht hin,
Auf oamal sagn s', der kriagt an Spleen
Und dann kimmt irgend oana her
Und bohrt da nei: Wer is denn er?
Was hat er denn scho wichtigs to?
Net mehr, als was a anderer ko? –
Und scho nimmt man ihm manches krumm,
Denn 's schlechte Nachredn redt sich rum.
Auf de Weis halt der Ruhm net lang
Und büaßt was ei vom reina Klang.
Ganz bsonders dann, wenn oans mit Recht

Auf seine Lorbeern ausruahn möcht.
Natürli is dees bloß der Neid.
Beim Daniel wars zu seiner Zeit
Genau so – und dann könnts euch denka,
Den wollten s' so am liabsten henka.
Die Rache war scho deswegn gwürzt,
Weil er den Götzen Bel hat gstürzt.
Denn der war ja nach ihrer Meinung
Die allerhöchste Gotterscheinung
Und daß da oafach oana kimmt,
Den ganzen Nimbus wegga nimmt,
Dees war halt doch a bissel stark
Und manche schimpfa ziemlich arg:
»Der Frevler, der muaß aus 'm Lebn,
Für den derfs koa Erbarmen gebn.
Mir habn an heiligen Dracha no,
Dem wo er gwiß net rausgebn ko.«
»O mei, Leut!« sagt der Daniel,
»Den scheuch i weniger wia a'n Bel.
Der Drach is bloß a Viech und speit,
Wenns ihr den o'bets, teats ma leid.
Dem brauch i bloß an Kuacha bacha
Nach meim Rezept, dann stirbt der Dracha.
Der is ja net amal aus Eisen
I kanns euch auf der Stell beweisen.«

Aus Hexenhaar und Bügelkohln
Und Hefentoag draht er an Bolln,
So wia an Oberpfälzer Knödel,
Der andere schwanzelt scho min Wedel –
An Schmalzler mischt er aa no nei
Und Glasscherbn – iatz werds richti sei.
»Paßts auf, den kriagt er nei in Schlund,

Dann zreißts'n nach a Viertelstund.«
Der Drach, der hat sich bäumt und krümmt
Und was der Daniel sagt, dees stimmt.
»Na, habts'n gsehng, den heiligen Dracha?
Mit euch da muaß ma wirkli lacha.«

Dees war der höchste Spott und Hohn
Und aufgregt war ganz Babylon.
Dem König hat der Rat der Alten
An ziemli langa Vortrag ghalten:
»Hast ghört, Nabuchodonosor,
Den Daniel zitierst jetzt vor.
Bevor mir dees no alle büaßen
Werst du den Kerl opfern müassen.
A Aufruhr is in jedem Haus,
Gib uns den Knödelmacher raus!«

Und weil er Angst ghabt hat vor dene,
Hat er halt nachgebn – »Notabene!«
Hat er zwar gsagt, »dann nehmts'n halt
Und machts mit eahm, was euch so gfallt,
Doch wenn das Schicksal eahm gibt recht,
Dann gehts euch all' mitnander schlecht.« –
»Koa Angst, Herr König, werst scho sehgn,
Wia den die wilden Viecher mögn.
Mir habn a Löwngruabn vor der Stadt,
Da tean ma'n nei, dees paßt uns grad.
Denn seit acht Tag habn unterdessen
Die Löwn scho nix mehr kriagt zum Fressen.
Wia de den Daniel derfieseln,
Da werd bei eahm der Angstschwoaß rieseln.«
Und wia sie 's ausdenkt habn, is gschehgn,

Die ganz Bevölkerung wollt dees sehgn.
Den Daniel binden s' auf an Karrn
Und festlich teans'n auße fahrn,
Mit Trommelwirbel und Trompetn
Als ob s' an Schwerstverbrecher hättn.
Der Richter, der am Gruabnrand steht,
Halt bloß a ganz a kurze Red:
»Weil du den Drachen und den Bel
Geschändet hast, kimmst iatz in d' Höll!«
Man schmeißt'n nei als wia an Plunder
Und alles schaut begierig nunter.

Siebn ausgewachsene Riesenviecher
Kriagn auf den Daniel einen Riecher.
A Stoßgebet tuat er schnell betn,
Wia er dem oan am Schwanz nauftretn:
»Entschuldigen S',« sagt er, »das Versehn,
I möcht mit euch ganz freundlich redn.
Zum Fressen schmeck i euch gar nia,
Weil i mi mit der Hautcrem schmier.«

Die andern moana obn herum:
Jatz packt a jeder glei a Trumm,
An Arm, an Haxen und an Kopf,
Gschiecht eahm grad recht, dem frechen Tropf.
Da gibts für uns iatz was zum Schaun,
Wenn s' eahm die Haftel eine haun. –
Am wichtigsten habn 's natürli Buabn:
Heut rührt sich was in der Löwngruabn!
Und trotzdem habn sich alle täuscht,
Den Daniel habn s' nicht zerfleischt.
Ja, schaugts amal, was is denn los?
Dem tuat ja doch net oana wos?

Beschnüffelt habns'n zwar a Zeit,
Bis daß der Daniel: »Setzen!« schreit.
Da hockt sich jeder hin am Bodn
Und droben staunt ganz Babylon.
Der Daniel beherrscht 's Gebiet,
Laßt s' otretn gar in Reih und Glied,
Im Kreis marschiern, den Schwanz hoch hebn
Und iatz tean s' gar no Pfoterl gebn.
Und »Maxl!« ruaft er, »Sepp« und »Hias!«
»Hoppallehopp auf d' Hinterfüaß!« –
Du – wia de alle Mandel macha! –
Dees war für Kinder was zum Lacha.
Ja gibts dees aa – ja Sandgruabnwänd!
Begeistert klatschen s' in die Händ.

Der König selber kimmt hiebei
Und freut sich drüber: »Ei, ei, ei!«
Der Daniel und seine Löwn –
Dees werd a Zirkusnummer gebn.
So hat no koana Löwn dressiert.
»Na, habts es gsehgn? – Nix is passiert!«
Er fragt den Rat, was sie jetzt dächten,
Ob sie vielleicht auch nunter möchten?

»Die Löwen sind gar keine echten,
Sunst waar der Daniel nimmer munter«,
So protestiern s' und steign glei nunter
Und iatzat werd dees Schauspiel bunter.
Denn kaum warn s' drinna in der Gruabn,
San d' Löwen glei los drauf wia im Sturm.
Auf oans zwoa drei – du da habn s' gschaut,
Die ganzen Ratsherrn warn verdaut.
Bloß Knocha san no übrig bliebn,

Der Daniel hat s' ins Eck nei triebn
Und scho warns wieder alle brav
Und lassen sich streicheln wia die Schaf.

Da fragt der König bloß so viel:
»Noch einer da, der zweifeln will?
Dann kimmt er nei dazua in d' Mühl.
Der Daniel hat euer Spiel
Jetzt aufdeckt und euch außergebn,
Nix habn s' eahm to, die wilden Löwn!«
Vielleicht san s' baierische Löwen gwen.

## 43. Von der Esther bis zum Matheis
## oder
## Bis zum End vom Testament

Schö langsam gehts iatz auf Silvester,
Auf dees nauf reimt sich grad die Esther,
A arme, aber schöne Haut,
Der König holt s' sogar als Braut,
Da hat s' an großen Einfluß kriagt.
»Dei Hofmarschall«, hats gsagt, »der lüagt!«
Dadurch hat s' quasi über Nacht
Ihrn Onkel auf den Posten bracht.
Durch dees hat s' ihren Artgenossen
An Dienst erwiesen – ganz an großen.
Wia später dann die Perser kemma
Und Babylon mit Assyrien nehma,
Wars Volk halt wieder frei und frank
Und all's hat bet: Ja Gott sei Dank!
Jatz wohn ma wieder in Kanaan
Und 's alte Lebn geht wieder an.
Bald aber aa der alte Tanz.

Vergessen tean s' aufs Beten ganz,
Drum werdn s' von neuem überfalln
Und müassen wieder Lehrgeld zahln.
Gleich trachtenweis habn s' Prügel gmessen
Und lauter Schweiners kriagn s' zum Essen.
Dees war verbotn laut Religion,
Drum rührn s' auch lang nix an davon.
Doch mit der Zeit da schmeckts den meisten
Und wer sich dees hat könna leisten,
Der hat sich schweinerne Haxen bstellt.
»Mit dera Straf is 's net so gfehlt«,
Habn s' gmoant, »da müaßt ma pfeigrad lüagn,
Glei gar no wenn ma Würsteln kriagn.«

Natürli gibts oa, de schrein: »Was?
Ihr schnabulierts den Heidenfraß?
Von so a Sau, de wo bloß liegt
Und schier im eigna Dreck derstickt?
Für uns is jeder Antichrist,
Der wo a so a Schweiners frißt.«

»Geh weiter – nehmts es net so arg,
Der Magn is schwach, der Glaubn is stark
Und dann, was wißts ihr von de Christen?
De werdn scho aa ihr'n Stall ausmisten.«
Der Eleazar beispielsweis,
Der ausschaugt wia a junger Greis,
Hat nia im Lebn was Fleischigs mögn,
Den hat ma liaba hungern sehgn.
Bloß vegetarisch hat er 's wolln,
Drum hätt er zwangsweis essen solln.
Mit Gwalt habn s' eahm sei' Maul aufgrissen,
Er aber wollt davo nix wissen,

Hats ausgspiebn und sich foltern lassen.
Für uns is sowas kaum zu fassen,
Daß oana gar dem Essen wegn
No liaba hat 's Totmartern mögn.

A Muatta mit siebn Buabn habn s' gschlagn,
Bloß weil s' koa Schweiners habn vertragn.
Der Antiochus, der wollt s' zwinga
Und alle zur Raison no bringa.
Er laßt a Suppen zerscht serviern,
Um sie schö langsam zu verführn.
Doch weil s' a Schweiners drin mit kocha,
Habn die siebn Brüada dees scho grocha.
Der erste sagt eahm glei ins Gsicht:
»Die Metzelsuppe eß ich nicht!«
»So«, sagt der Antiochus drauf,
»Mit dir halt i mi gar net auf!
Dir laß i Zunga außer reißen,
Und Zähn brauchst auch nicht mehr zum Beißen!«

Voll Schrecken habn dees alle gsehgn,
»Gel' iatza schaugts, iatz werds verlegn?« –
Da sagt der zwoate, der vorn steht:
»Dei Metzelsuppen friß i net!« –
Dem laßt er glei die Haut abziahgn
Und Zehanägl hintere biagn.
So grausam is ma damals gwen,
Die andern fünf tean bloß no be'n.
»Die Suppen ißt!« schreit er zum dritten.
»Naa!« sagt er, und hat aa mit glitten.
Den habn s' glei naufglegt auf an Rost,
»Jatz kriagts a Schweiners! – Des verkost!«
Doch alle halten standhaft aus,

Da holt er sich den vierten raus.
Und laßt eahm d' Füaß abschlagn und d' Händ,
Den fünften haben s' im Schmalz verbrennt
Und in der Eisenpfanna bratn,
So war der Antiochus gladn.
Die Prozedur noch zu beschreibn,
Dees kann i net, drum laß i's bleibn.
Den sechsten schlachtens wia a Sau
Und macha Bluatwürst – liabe Frau!
Kannst du dees no als Muatta sehgn?
Warum laßt du dees alles gschehgn?
Dem Jüngsten, den s' am liebern mögn,
Red s' gar no zua: »Mei liaba Bua!
Dem Himmel drobn ghört unser Lebn,
Die Brüader habn dir 's Beispiel gebn!«

Die Folterknecht – scho ganz vertiert –
Sagn: »Dees is uns no nia passiert,
Dees san die gleichen Philosophen
Wia d' Jüngling z'nachts im Feuerofen.
Daß de sich net ans Dasein klammern
Und alle ohne Gschroa und Jammern
Abdackeln lassen – dees is neu!«

Der König sagt: »Ihr zwoa seids frei!«
Da schreit der Jüngste: »Schinderfürscht!
Moanst du vielleicht, i iß die Würscht?
Da werst di täuschen, gräuslichs Viech,
Froh bin i, wenn i di nimmer siehch.
Du Schweinehund – dees sollst no hörn,
I stirb in Gottesnam' grad so gern
Wia meine Brüader, die von dir
So gräusli umbracht san vor mir.

Wennst a zerstückelst unsere Glieder,
Viel schöner san s' im Himmel wieder.
I pfeif auf di und deine Säu,
Und wennst mi röst – dees geht vorbei,
Du aber bratst mit deine Leut
Drunt in der Höll in Ewigkeit.
Als letzter geh i ohne Bebn,
Mei Muatta aber laß am Lebn!«

Er hat sei Gwand auszogn und gsunga
Und is glei selbn a'm Rost naufgsprunga.
»Jatz, Muatta, stirbt dei letzter Bua,
Und hoffentlich laßt er di in Ruah!«

Sie aber hat de Gnad net wolln,
Für wen hätt s' denn no leben solln?

A angesehener großer Mo
War aa der alte Matheis no.
Den aber habn s' halt aa verfolgt,
Weil er koa Saufleisch essen wollt.
Mitsamt die Buabn is er davo,
Weil er sich aa net umstelln ko.
Der Antiochus schickt zu eahm,
Laßt sagn: Er kunnt no Hofrat wern,
Wenn er brav zruck geht – heim ins Reich.

Als Antwort kimmt: »Dees is mir gleich.
I bleib damit meim Herrgott näher,
Genau so wie die Makabäer.
Wer so wia i denkt, soll amal
Bei mir sich meldn auf jeden Fall.«
Der Aufruf is umsunst net gwesen –

Bald hat er tausend Mann verlesen
Und mit die eigna Buabn als Leiter
Wirbt er für d' Rüstung allwei weiter.
Zwar hat er 's selber net erlebt,
Wia 's Volk aufsteht und sich erhebt.
»Der Matheis brichts Eis!« war Parole,
So holn sie sich die eigene Scholle.
Aufbaut habn s' alles frisch und neu,
Sogar modern mit Kirchenweih,
Und alles Unglück war vorbei.
Den gfolterten habn s' no Marterl gsetzt
Und übern Tod naus g'acht und gschätzt.

Ja so san viele Menschen schon
Umkemma zwengs der Religion.
In dem Fall wegen der Sauerei
Und da bin i iatz scho so frei
Und sag, daß mir dees gar net paßt,
Wenn oana mi net essen laßt,
Was i gern mag – bloß wenn ma fast',
Bin i auf d' Fleischspeis net versessen,
Da kann i ja dann Nudeln essen.
An Pudding net, der is ma z'süaß,
A Haxen waar halt 's beste Gmüas.
'S Spofakel möcht i gern verteidigen
Und d' Sau soll man nicht gleich beleidigen,
Denn wenn ma Schwein hat, hat ma Glück.
Und wers verzehrn mag Stück für Stück,
Tuat a guats Werk no unterdessen,
Sunst hätten uns scho d' Säu zsammgfressen.

Der König Antiochus aber,
Der Menschenschreck und Totengraber,

Is runtergfalln im Kriag vom Häuter
Und in den Sänften tragn s'n weiter.
Bald hat'n jede Krankheit zwickt,
An Boafraß habn s' eahm gratis gschickt,
Eiwendig fangt der Bandwurm o
Und mit der Zeit war nix mehr dro,
Gschwür hat er kriagt, dann hat er gstunka
Und is im eigna Mist versunka.

An dera Gschicht, da siehcht ma's wieder,
Bei jedem Volk gehts auf und nieder,
Drum wenn 's amal z'stark aufwärts geht,
Dann hab i Angst – dees halt si' net.
Geht schließli aber alles drauf,
Hört sich die ganze Weltgschicht auf.